Livraison Gratuite

HISTOIRE D'UN OUVRIER

PAR

J. BRETON ET C. HENRY.

VE
ison
trée
ar
aine.

10c. la livraison.

Histoire d'un Ouvrier

PAR J. BRETON ET C. HENRY

Il frappa à la porte d'une maison pauvre et délabrée...

Rouen. — Imprimerie du Progrès, 17, Quai de Paris.

HISTOIRE
D'UN OUVRIER

Cette histoire est aussi simple que son titre, elle a pour but de montrer que l'homme peut arriver, à force de travail et d'énergie à acquérir la fortune et la considération.

A. Breton. = C. Henry.

I

UN MÉNAGE PAUVRE

Le 26 Décembre 1870, le froid était intense, la neige tombait par tourbillons, poussée par les rafales d'un vent impétueux et glacial.

La petite ville de Louviers semblait ensevelie sous un immense linceul, les rues, les toits, tout était blanc. Quelques rares passants osaient seuls braver le froid rigoureux, et tout en trottinant et en soufflant sur leurs doigts, gagnaient au plus vite leurs demeures.

Un enfant de douze ans à peine, vêtu de guenilles, grelottant, cheminait, lui aussi, dans les rues de Louviers, et, quoique glacé, à en juger par sa figure violacée par la bise, il ne marchait que d'un pas lent, s'arrêtant au détour de chaque rue, comme s'il eût cherché quelqu'un. Il traversa la grande place de la Ville, entra dans la rue Massacre, et après avoir cheminé pendant quelque temps dans cette rue, frappa à la porte d'une maison à l'aspect pauvre et délabré. Une femme vêtue de haillons vint lui ouvrir; il l'embrassa sans dire un mot, puis, il se mit à secouer ses habits tout blancs de neige, et s'approcha de l'âtre où fumaient deux tisons.

Tout, dans la maison où il venait d'entrer respirait la misère et la douleur: trois ou quatre chaises boiteuses et dépaillées, une vieille armoire et un bahut sur lequel s'étalaient cinq ou six assiettes, composaient tout l'ameublement.

Dans un coin se trouvait un lit fait de quelques planches et d'un matelas. Sur ce grabat, un homme était couché et semblait horriblement souffrir

Après un instant de silence, la femme demanda à l'enfant:

— Eh bien, Louis, apportes-tu une bonne nouvelle?

— Non, ma mère.

— Monsieur Alfred n'a donc voulu rien te donner?

— Non.

— Mais enfin, que t'a-t-il dit?

— Quand je l'eus supplié de nous prêter dix francs, pour acheter du pain pour nous, et un peu de viande pour mon père, il me répondit d'un ton bourru: « Non, je ne te prêterai rien, ton père est républicain, qu'il s'adresse aux républicains, et puis, il doit être content, puisque maintenant nous vivons en république. » Je me jetai à ses pieds, je pleurai, tout fut inutile, il ne voulut rien donner et j'arrive les mains vides.

— Ah! mon Dieu! Qu'allons-nous devenir? s'écria la pauvre femme en sanglotant, nous n'avons plus de pain, le boulanger nous refuse du crédit, mon pauvre Pierre est malade, le médecin lui a ordonné de prendre du bouillon et je n'ai pas d'argent pour lui acheter de la viande, le boucher fera comme le boulanger, il m'en refusera. Oh! mon Dieu! mon Dieu!

— Ne te désespère pas, ma bonne Louise, murmura une voix faible et grave partie du coin de la chambre où se trouvait le grabat: c'était le malade qui avait tout entendu, et qui essayait de consoler sa malheureuse compagne. Mais elle, tout entière à sa douleur, ne répondit pas, et continua de sangloter, alors Pierre reprit:

— Pourquoi pleurer ainsi? Monsieur Alfred refuse de nous prêter dix francs, c'est un mauvais cœur, voilà tout, laissons-le pour ce qu'il vaut, et ne nous désespérons pas pour cela. Dans peu de temps, le docteur l'a dit, je serai guéri et je pourrai gagner de quoi nous nourrir, tu vois que ce n'est pas la peine de se désoler pour si peu.

— Mais mon pauvre ami, je n'ai plus d'argent, nous n'avons plus de pain, le boulanger et le boucher ne nous feront plus crédit. Que devenir?

— J'ai ma montre là, sur le bord de la cheminée, Louis ira la porter chez l'horloger et la lui vendra, n'est-ce pas Louis?

— Je veux bien, mon père.

— Va, mon enfant, et rapporte un pain et un fagot, car nous avons faim et il fait froid ici.

L'enfant partit, et sa mère continua de pleurer.

Le malade semblait souffrir de l'affliction de sa femme, sa poitrine se gonflait par mouvements saccadés, et de grosses larmes coulaient sur ses joues, mais il essuyait bien vite ces larmes amères afin de ne pas chagriner davantage sa chère compagne. Après un instant de silence, il lui dit:

— Voyons, Louise, calme-toi, nous sommes malheureux, il est vrai, mais nous ne serons pas toujours ainsi, espère.

— Que veux-tu que j'espère maintenant, je n'ai plus rien, j'ai vendu tout ce que je possédais, mes draps, mes chemises même, tout cela a été vendu pour avoir du pain.

— Je sais que nous sommes plongés dans la plus affreuse misère, mais je guérirai bientôt et alors nous serons plus heureux.

— Mon pauvre ami, pour moi, je ne crois plus au bonheur, depuis que tu es couché sur ton lit de douleur, bien des choses se sont passées: le grand atelier de Mme Vve Mercier, où tu travaillais comme fondeur, est fermé.

— Fermé, dis-tu, et pourquoi?

— Pourquoi, parce que les Prussiens envahissent la France de tous côtés, parce qu'ils seront ici dans quelques jours et que tout commerce s'abat, car la confiance disparaît et l'incertitude entre dans tous les esprits.

— L'atelier est fermé, la France est envahie, la misère règne en maîtresse chez nous, tu as raison, Louise, il faut douter de l'avenir. A ce moment, la porte s'ouvrit, le petit Louis déposa un pain sur le vieux bahut, donna quinze francs à sa mère, et raviva le feu avec le fagot qu'il rapportait; la flamme pétilla dans l'âtre, et un rayon d'espoir et de joie brilla dans les yeux des trois malheureux

II

UN PAS EN ARRIÈRE

Quelques mois avant la scène que nous venons de raconter, Pierre, sa femme et son fils vivaient heureux; l'homme et la femme travaillaient, l'un était fondeur à l'établissement Mercier, l'autre faisait des ménages en ville, le petit garçon allait à l'école où il se faisait remarquer par son intelligence et sa bonne conduite.

Quand arrivait le dimanche et que la petite famille était réunie, tout le monde était content, la joie régnait au foyer.

Il est bien doux ce bien-être que ressent l'ouvrier laborieux après une semaine de travail, quand il se repose au milieu des siens; sa joie est pure, car elle prend sa source dans le labeur.

Le dimanche donc, Pierre, confortablement assis dans un vieux fauteuil, passait presque toute sa journée à lire, car cet ouvrier était aussi intelligent que laborieux, et il avait soif d'apprendre ce qu'il ignorait. Louise frottait les meubles, lavait le linge, appropriait tout dans le logis, elle avait autant de mal ce jour-là que pendant la semaine, mais elle avait le sourire aux lèvres, parce qu'elle était au milieu des siens. Le petit Louis faisait ses devoirs et étudiait avec courage, car, lui aussi, avait envie d'apprendre; un vieux professeur de la ville nommé Hilaire, touché de son intelligence et de son ardeur au travail, lui donnait, en dehors des classes, quelques leçons de latin, et l'enfant profitait de la complaisance et de la bonté du vieux maître.

Tel était le genre de vie de cette petite famille, quand arriva le mois de juin 1870. A ce moment, un bruit sourd se faisait entendre dans toutes les classes de la Société. Depuis vingt ans, Napoléon III régnait sur la France, et depuis vingt ans le sombre héros du Deux-Décembre travaillait à matérialiser notre pays. Dans les campagnes, il était en partie parvenu à accomplir son œuvre: les paysans, enrichis par sa politique astucieuse, et tenus dans l'ignorance la plus complète à l'aide d'un système d'éducation qui défendait à l'instituteur d'enseigner l'histoire dans sa classe, ne songeaient qu'à augmenter chaque année leur petit patrimoine d'un nouveau lopin de terre : l'avarice était leur unique guide, la propriété, leur seul but. Leur imagination, abâtardie par l'ignorance, ne voyait rien au-delà des bornes de leurs champs, les glorieuses conquêtes de 93 s'effaçaient pour eux devant l'argent qu'ils tiraient de leurs récoltes; d'ailleurs, on ne leur parlait de la grande Révolution que pour leur en montrer les côtés les plus sombres, si bien qu'ils étaient parvenus à haïr leurs glorieux ancêtres qui leur avaient donné la liberté au prix de leur sang.

Pour les paysans de cette époque, le nom de républicain était le synonyme de voleur, de paresseux : « Les républicains, disaient-ils, sont des *partageux* qui voudraient prendre nos terres, sans se soucier si nous avons travaillé pour les acquérir.»

Voilà où en était arrivé la politique de l'Empire dans les campagnes, cette politique avait, en moins de vingt ans, matérialisé les paysans au point qu'ils ne s'occupaient plus du tout des affaires du gouvernement; l'intérêt général avait disparu devant l'intérêt particulier, le Français, fier de ses droits, s'acheminait vers la servitude, et allait bientôt redevenir ce qu'il était avant 89.

Dans les villes, Bonaparte n'avait pas aussi bien réussi que dans les campagnes; mais néanmoins il s'était acquis beaucoup de partisans dans le petit commerce, c'est-à-dire dans la moyenne bourgeoisie Quant à l'ouvrier intelligent, il était républicain, mais l'ouvrier de second ordre, qui ne voyait que son gain, qui n'écoutait que son patron, celui-là était bonapartiste.

Malgré son astuce, Napoléon n'avait pu tromper tout le monde : à la Chambre, dans les dernières années, l'opposition était puissante, aussi, à l'époque où se passent les faits que nous racontons, le despote se préparait-il à frapper un grand coup.

Nous voulons parler du Plébiscite,

Alors de tous côtés, les membres de l'opposition envoyèrent des orateurs qui dévoilèrent la politique du Gouvernement. A Louviers, comme dans toutes les villes, ces orateurs parlèrent chaudement contre le Plébiscite.

Pierre, républicain convaincu, se rendit aux réunions, et quand vint le jour du suffrage, il vota : « Non. »

Ses contre-maitres avaient vu d'un mauvais œil ses assiduités aux réunions, et ils se doutèrent de son vote : aussi, dès cette époque, fût-il mal considéré à l'atelier : on le chargea des travaux les plus difficiles, et l'on trouva toujours le moyen de lui faire des reproches.

Un jour qu'il venait de terminer un travail très rude, il fut appelé au bureau du directeur; il ne prit pas le temps d'essuyer la sueur qui ruisselait sur tout son corps, et suivit l'ouvrier qui venait le chercher. Or, il fallait passer sous une voûte où il faisait excessivement froid, le malheureux Pierre en traversant cette voûte gagna un refroidissement et quelques jours après, il garda le lit.

Pendant de longs mois, il fut en proie à une fièvre violente, Louise ne quitta pas le chevet du malade; mais peu à peu les économies s'épuisèrent, la brave femme vendit tout ce qu'elle possédait pour sauver la vie de son mari, et il commençait seulement à se rétablir, quant nous l'avons laissé sur son lit au chapitre précédent.

Bien des choses s'étaient accomplies pendant la longue maladie de Pierre. Le peuple avait donné tous ses droits à Napoléon III, qui avait profité de son pouvoir pour déclarer la guerre à la Prusse.

Oui, il avait déclaré la guerre à la plus forte puissance militaire de l'Europe, quand son armée, à lui, était désorganisée, car cet Empereur, l'idole des paysans, s'était fait marchand d'hommes, il aimait mieux voir l'or remplir ses coffres que les soldats remplir les cadres vides de son armée.

Il conduisit donc nos malheureux soldats à la mort.

Nos armées, mal commandées, presque sans canons, furent partout vaincues. Wissembourg, Reischoffen, Gravelotte, virent périr des milliers de braves, et enfin, Sedan vint couronner l'œuvre de Bonaparte.

Il rendit son épée au roi Guillaume au moment où la France était envahie et couverte du sang de ses enfants, le héros du Deux-Décembre qui était arrivé au trône en escaladant des monceaux de cadavres, quittait ce même trône au milieu d' une hécatombe et laissait en souvenir aux hommes qui l'avaient adulé pendant vingt ans, l'invasion, la douleur, la honte et la ruine

Histoire d'un Ouvrier

Liv. 2. — *Vous devez remplir une tâche, si cette tâche n'est pas faite...*

III

L'ATELIER DE CHARITÉ

Pierre parvint peu à peu à se rétablir, et sa femme put retourner au travail, mais comme nous l'avons déjà dit, la France était couverte d'ennemis, le commerce était abattu, des milliers d'ouvriers étaient sans travail et sans ressources; aussi, Louise, qui cependant était une bonne ouvrière, ne gagnait-elle que quinze sous par jour.

Pendant plus d'un mois, le pauvre ménage fut obligé de vivre avec ce modique gain.

Alors s'ouvrirent les ateliers de charité.

Pierre, ne pouvant rentrer à l'usine Mercier qui avait fermé ses portes, alla travailler dans ces ateliers. Il était encore bien faible et la besogne était rude : l'on faisait des terrassements à mi-côte, et, du matin au soir, il fallait pousser des brouettes remplies de terre et de pierres.

M. Alfred, celui que nous avons vu refuser dix francs au petit Louis, était contre-maître. Bonapartiste enragé, il détestait les républicains, aussi, chargeait-il le malheureux Pierre des travaux les plus rudes,

Un jour, à bout de forces, le pauvre ouvrier s'était assis un instant, Alfred arriva et lui dit :

— Pierre, que faites-vous-là ?

— Monsieur, je me sens excessivement faible, et je me repose un instant. En effet, la sueur ruisselait sur le front du pauvre homme, et sa figure était horriblement pâle.

— Quand on est malade on ne vient pas travailler.

— Mais, Monsieur, vous le savez, je suis dans la misère, et si je ne veux pas mourir de faim, il faut que je vienne ici.

— Tout cela ne me regarde pas, vous devez remplir une tâche, et si cette tâche n'est pas faite, je vous renvoie.

— Bien, Monsieur, je retourne au travail. Et Pierre, tout tremblant de douleur et de colère, se remit à pousser sa brouette.

Monsieur Alfred, tout en se dandinant, arriva à un groupe d'ouvriers qui travaillaient à peu de distance

— A la bonne heure, leur dit-il, vous travaillez, vous autres, ce n'est pas comme ce fainéant de Pierre qui est toujours assis sur les mancherons de sa brouette.

D'ailleurs, c'est un républicain, et tous les républicains sont des paresseux qui voudraient passer leur vie à se promener.

— Vous avez bien raison, M. Alfred.

— Aussi, Pierre ne restera pas longtemps ici, la ville paye les ouvriers vingt sous par jour, mais à la condition qu'ils doivent travailler; elle ne peut payer les paresseux, ce serait encourager le vice.

— Mais, Monsieur Alfred, se hasarda de dire l'un des ouvriers, Pierre n'a jamais été un fainéant, je me rappelle l'avoir vu, avant sa maladie, chez Mme Vve Mercier, et c'était un des fondeurs les plus laborieux de l'usine, si, aujourd'hui, il ne travaille pas avec autant d'ardeur, c'est sans doute parce qu'il souffre encore.

— S'il souffre encore, tant pis pour lui, cela ne me regarde pas; puisqu'il ne fait pas convenablement son ouvrage, je vais le renvoyer, il ira demander de l'ouvrage aux répuclicains.

Et M. Alfred, mécontent d'avoir trouvé un contradicteur, tourna les talons en murmurant.

Les ouvriers regardèrent l'imprudent qui avait osé défendre Pierre, et dirent :

— Gustave, tu n'as pas eu raison de te mêler des affaires de ce républicain, tu pourras payer cela cher.

— Que voulez-vous, Pierre a toujours été pour moi un bon camarade, et ça me révoltait de l'entendre traiter de paresseux.

Après cette réponse, chacun reprit son travail et il ne fut plus question du républicain. Quand la journée fut finie, Gustave chercha Pierre des yeux et l'aperçut auprès du contre-maître, il se douta que ce dernier mettait sa menace à exécution.

Il marcha donc à petits pas, espérant bien que Pierre ne tarderait pas à le rejoindre. En effet, quelque temps après, s'étant retourné, il l'aperçut, marchant la tête bassé et la figure attristée.

Gustave l'attendit, et lui dit :

— Qu'as-tu ? mon ami, tu as l'air bien chagrin.

— Ah! mon pauvre Gustave, figure-toi que le contre-maître m'a traité de fainéant et m'a défendu de revenir. En disant ces mots le malheureux fondit en larmes.

— Mon pauvre ami, ne te désespères pas ainsi, M. Alfred est un méchant, voilà tout.

— Mais que devenir ? je n'ai plus de travail, ma femme gagne quinze sous par jour, comment veux-tu qu'avec cette faible somme nous puissions vivre à trois ?

— Tu es bien à plaindre, mon pauvre Pierre, mais pourquoi, aussi, es-tu républicain ? C'est à cause de ton opinion, je n'en doute pas, que l'on t'a renvoyé.

— Tu me demandes, mon ami, pourquoi je suis républicain ; mais c'est parce que tout homme sensé doit l'être, c'est parce que la République est le meilleur des gouvernements.

— Tu ne peux toujours pas dire, que sous l'Empire, nous n'avons pas gagné d'argent, tandis qu'aujourd'hui, nous sommes en République et nous mourons de faim.

— Il est vrai que, sous l'Empire, l'ouvrier gagnait de bonnes journées mais cela ne prouve pas que l'Empire était un bon régime ; l'on ne doit pas seulement regarder le bien-être d'un instant pour juger d'un gouvernement, l'on doit aussi songer au but qu'il poursuit, or, le but de l'Empire, c'était de ravir la liberté du peuple ; et ce même Empire qui vous a fait gagner votre vie par le travail, a livré notre patrie à l'ennemi en faisant périr nos frères par milliers ; et c'est à lui enfin, que nous devons la misère qui nous accable aujourd'hui.

— Quant à cela, non ! si nous sommes malheureux ; c'est bien la faute des républicains, car ce sont eux qui ont livré Napoléon à la Prusse.

— Comment, mon pauvre Gustave, tu crois à ces balivernes, tu te figures que ce sont les républicains qui ont livré l'Empereur à la Prusse ! Mais n'était-il pas le maître, quand il a déclaré cette guerre fatale ? Le Plébiscite ne l'avait-il pas revêtu du pouvoir suprême ? Et quand il s'est rendu à Sedan, n'avait-il pas à ses côtés quatre-vingt mille soldats, l'élite de l'armée française ?

— Mais, quand il s'est rendu, il était entouré par des forces supérieures, son armée était réduite à l'inaction, ses canons ne pouvaient répondre aux canons Prussiens ? Que voulais-tu qu'il fît ?

— Qu'il mourût ! Oui, il devait mourir puisqu'il n'avait pas su se défendre, sa mort eût du moins épargné une honte à la France ! Tu me disais tout à l'heure que son armée était cernée ! Puisqu'il était le chef suprême, pourquoi n'avait-il pas su choisir de bons généraux ? Ses canons ne pouvaient répondre aux canons prussiens! Pourquoi, pendant son règne, au lieu de songer aux plaisirs, n'avait-il pas songé à perfectionner son artillerie? Car, vois-tu, mon ami, quand on accepte une charge, il faut être assez fort pour faire face aux difficultés, il faut avoir assez de génie pour prévoir tout ce qui peut arriver et se mettre à la hauteur des circonstances. Or, voilà le danger de revêtir un seul homme du pouvoir suprême; car tout homme, si intelligent qu'il soit, a ses côtés faibles, il ne peut subvenir à tout, il se trompe bien souvent, et ses erreurs conduisent son pays où Napoléon a conduit la France, c'est-à-dire à la honte et à la ruine.

— Je vois, Pierre, que tu es républicain convaincu, et je n'essaierai pas davantage de discuter tes idées; tu n'es qu'un simple ouvrier comme moi, et ton opinion comme la mienne est de bien peu de poids dans la balance; aussi, je te conseille de laisser les choses suivre leur cours, et de ne point t'occuper à chaque instant de politique; cela te cause trop d'ennuis, ainsi, tu le vois, c'est à cause de ton parti que tu n'as plus de travail aujourd'hui.

— Oui, je sais que l'ouvrier a beaucoup de mal à être un homme libre dans toute l'acception du mot; beaucoup d'individus, lâches et infâmes comme ce Mr Alfred, profitent de sa misère pour capter sa volonté. Mais, mon cher Gustave, tant que l'ouvrier se laissera ainsi conduire, il ne sera qu'un esclave. Pour qu'il jouisse de sa liberté, il faut qu'il sache souffrir, il faut qu'il ait le courage de lutter. Au surplus, il m'importe bien peu que les méchants disent que je suis une mauvaise tête et un paresseux, et que les ignorants le croient! Ce que je tiens à conserver, c'est mon titre de citoyen, c'est ma franchise, mon honnêteté et ma loyauté. Non, je ne paraîtrai jamais ce que je ne suis pas; non, je n'abjurerai jamais le beau nom de républicain! je souffrirai, j'aurai faim, je serai abreuvé d'humiliations, soit! mais je resterai fidèle à ma cause, je lutterai obscurément pour ma liberté, et je ne renierai pas mes ancêtres de 89 qui ont plus souffert que moi encore, car ils ont bravé les canons de l'ennemi et moi je n'affronte que les sarcasmes de l'ignorance et les brutalités de la méchanceté. Au revoir, mon cher Gustave, je te remercie du conseil que tu as voulu me donner; mais je ne puis le suivre, je préfère la mort au parjure. En achevant ces mots, Pierre se dirigea du côté de sa demeure.

IV

MISÈRE

Quand Louise rentra de sa journée, elle trouva son mari et son fils lisant chacun de son côté. Sur la table, près de Pierre, se trouvait une pièce de 5 francs. En apercevant cette pièce, Louise pâlit.

— C'est aujourd'hui vendredi, dit-elle, et l'on ne te paie ordinairement que le samedi; comment se fait-il que tu aies reçu de l'argent ?

— Le contre-maître m'a renvoyé.

— Renvoyé, et pourquoi ?

— Il dit que je suis un paresseux.

— Un paresseux, toi ! mais il me semble que partout où tu as travaillé, tu as passé pour un bon ouvrier.

— Telle n'est pas l'opinion de M. Alfred.

— Mais ton renvoi est-il bien définitif ?

— Oui, malheureusement.

— Mon Dieu ! mon Dieu ! Qu'allons-nous faire maintenant ?

— Ce qu'il plaira à la Providence.

— Tu sais que nous devons dix francs à M. Barnabé, l'épicier.

— Je le sais.

— Il me les a demandés ce soir.

— Que lui as-tu répondu ?

— Je lui ai dit d'attendre jusqu'au 18 mars.

— C'est aujourd'hui le 15, nous avons encore trois jours.

— Mais, d'ici-là, nous ne pourrons jamais avoir réuni cette somme.

— Voilà déjà cinq francs.

— Nous en avons besoin pour vivre.

— J'irai trouver moi-même M. Barnabé.

Après ce dialogue, Louise, tout en soupirant, prépara le souper. De temps en temps elle essuyait une larme avec le coin de son tablier, tout en regardant, à la dérobée, si son mari ne la voyait pas.

Enfin le repas fut bientôt préparé, et la petite famille se mit à table.

Pas un mot ne fut échangé ce soir-là : le mari était sombre, la femme pleurait silencieusement, et l'enfant, comprenant le chagrin de ses parents était accablé, lui aussi, sous le poids d'une grande tristesse.

— Le lendemain, quand Louise fut partie à sa journée, et que son fils se fut acheminé vers la classe, Pierre, resté seul, marcha à grands pas dans sa chambre. L'œil fixe, les traits altérés, il semblait sous le coup d'une sombre préoccupation. Parfois ses lèvres remuaient, on eût dit qu'il s'adressait à un interlocuteur invisible; puis il reprenait sa marche silencieuse. Cet état de surexcitation dura plus de deux heures. Enfin, harrassé, suant à grosses gouttes comme s'il eût accompli une rude tâche, le malheureux tomba plutôt qu'il ne s'assit sur une chaise boiteuse qui se trouvait à sa portée. Son regard alors semblait rivé au sol. Il était là, immobile comme une statue, et si sa poitrine oppressée ne s'était soulevée de temps à autre pour laisser échapper un sanglot qui semblait presque un gémissement, on eût cru que cet homme était mort.

Que se passait-il dans cette tête penchée vers la terre? Un travail affreux sans doute. Toutes les visions de la misère, plus sombres, plus hideuses les unes que les autres, s'entassaient dans ce cerveau affaibli par la douleur et par les humiliations. La faim, squelette hideux, s'y montrait, grimaçante et terrible.

Pauvre homme, qu'il devait souffrir.

Oui, ils endurent des tourments inouïs, les malheureux qui, comme Pierre, se trouvent sans travail et sans pain : leur cœur est torturé par de terribles angoisses, quand, assis dans leur pauvre mansarde, le corps couvert de haillons, ils considèrent leurs membres robustes encore, réduits à l'inaction.

Et ces hommes qui, quelques jours auparavant faisaient retentir l'atelier de leurs chants joyeux, sont maintenant réduits au désespoir le plus affreux, leurs yeux ont des reflets sinistres, et leur imagination, n'entrevoyant l'avenir qu'entouré d'un nuage obscur, préfère quelquefois la mort à la mendicité. Alors s'accomplissent ces drames obscurs et terribles que ne peut comprendre le riche nageant au sein de l'opulence; alors s'éteignent à l'aide d'une corde ou d'un réchaud ces existences qui n'ont connu ici-bas que le travail et la misère.

Nous ne craignons pas, en écrivant ces lignes, qu'on nous accuse

d'être visionnaires, ce que nous disons est malheureusement trop vrai, et les Faits Divers des journaux sont remplis de ces drames terribles qui attristent tout cœur sensible et généreux.

Nous n'accusons pas pour cela la Société, nous décrivons un mal sur lequel nous gémissons, et nous plaignons sincèrement tout ouvrier honnête poussé au suicide par la misère. Quiconque meurt ainsi est doué d'un naturel fier et honnête, car le paresseux, ni le bandit n'ont le courage de se donner la mort, l'un préfère tendre la main et l'autre aime mieux voler. Non, l'ouvrier, qui, poussé par la misère, cherche un refuge dans le suicide, n'est point un lâche, c'est une victime de la fatalité.

Quand Louis rentra de la classe, il trouva son père couché.

— Es-tu malade, père, lui dit-il ?

— Non, mon ami, je ne suis qu'indisposé.

— Pourras-tu te lever pour dîner ?

— Oui, mon enfant, je me lève tout de suite.

Quelques instants après, ils étaient à table, ayant devant eux une bouteille remplie d'eau, du pain et un morceau de fromage.

Ce genre de vie durait depuis plus de quinze jours, lorsqu'un soir, Louise rentra au logis en tenant son bras gauche en écharpe. La pauvre femme avait le visage pâle et les traits bouleversés. Elle avait été renversée par une voiture au tournant d'une rue.

— Maintenant, c'est bien terminé, je ne puis plus travailler, dans quelques jours nous mourrons de faim.

Pierre n'eut pas la force de la consoler.

Le bras de la malade n'était pas cassé, il n'était que meurtri, néanmoins, le médecin avait déclaré que Louise serait plus d'un mois sans pouvoir travailler.

Dès lors la misère fut encore plus grande.

Bientôt cette pauvre famille si éprouvée n'eut plus devant elle que la faible somme de quatre francs.

Pierre passait ses journées à chercher du travail : mais partout la réponse était invariable :

— Nous avons plus d'hommes que nous ne pouvons en occuper.

Le malheureux, après avoir marché pendant de longues heures, rentrait chez lui désespéré. Un jour vint où il n'y eut plus un sou dans le tiroir de la vieille armoire.

Alors le désespoir arriva à son apogée.

Louise, assise auprès du foyer éteint, sanglotait ; Pierre, pâle, affaibli par les privations, regardait sa malheureuse compagne et semblait accablé sous le poids d'une profonde douleur.

Histoire d'un Ouvrier

Liv. 3. — Ils étaient heureux de se trouver au milieu de la campagne...

Tout à coup, du coin de la chambre où Louis étudiait, partit un profond soupir ;

— Qu'as-tu, mon fils, demanda Pierre:

— J'ai faim, mon père.

— Entends-tu, s'écria Louise, ton fils a faim, il a faim, le laisseras-tu mourir?

En disant ces mots, la pauvre mère s'était levée frémissante, l'œil hagard, on eût dit qu'elle avait perdu la raison.

— Non, il ne mourra pas, répondit Pierre. Il se leva et sortit d'un pas résolu.

Il arriva bientôt chez le boulanger.

— Monsieur Jean, dit-il, voulez-vous me donner un pain.

— Avez-vous de l'argent ?

— Non.

— Alors, vous n'aurez rien, vous me devez déjà quatre francs, c'est assez.

— Monsieur Jean, je vous en prie, mon fils a faim, je vous rendrai cet argent quand j'aurai du travail.

— Du travail, vous n'en aurez jamais, vous vous êtes fait renvoyer de l'atelier de charité parce que vous ne vouliez rien faire.

— J'étais malade, le travail était rude, mais, M. Jean, croyez-le, ce n'était pas le courage qui me manquait.

— Ta, ta, ta, ta ! cela ne me regarde pas, je ne suis pas obligé de nourrir un tas de fainéants, moi, je vous ai déjà fait quatre francs de crédit, c'est bien plus que je n'aurais dû; des pratiques comme vous j'en renvoie tous les jours.

— De grâce, M. Jean, un pain seulement! Mon petit Louis pleure parce qu'il a faim.

— Vous n'aurez rien, vous dis-je. Sortez!

— Pitié ? pitié ! M. Jean ! Songez-donc, Louis a faim et je n'ai rien à lui donner. Vous avez des enfants, aussi, vous, et vous savez que c'est dûr pour un père d'entendre son fils pleurer parce qu'il n'a pas un morceau de pain à manger,

— Monsieur, si j'ai des enfants, je travaille pour les nourrir, je ne suis pas un fainéant, moi ! Sortez, vous dis-je !

— Oh! M. Jean !

— Sortez où je vous fais mettre à la porte par mes garçons.

Pierre sortit, de grosses gouttes de sueur coulaient le long de ses joues, il avait la mort dans l'âme. Depuis quelques instants il marchait la tête basse, au hasard, n'osant reprendre le chemin de sa demeure, quand tout à coup, il sentit une main se poser sur son épaule; il releva la tête; un homme de cinquante ans environ, à la figure intelligente, était devant lui.

— Qu'avez-vous donc Pierre, vous avez l'air bien triste, dit l'inconnu.

— Oui, M. Hilaire, je suis triste, je songe presque à la mort.

— Que dites-vous! il ne faut jamais avoir de ces pensées.

— Si vous saviez ce que je souffre! mon fils pleure parce qu'il a faim, et le boulanger refuse de me donner du pain.

— Comment, Louis, mon élève, a faim, il souffre, et vous n'étiez pas encore venu me le dire. Oh! ce n'est pas bien, Pierre. Tenez, voilà cinquante francs que je viens de toucher, prenez-les, et portez à manger au plus vite à votre femme et à votre fils.

L'ouvrier fondeur leva, vers son interlocuteur, ses yeux où brillaient des larmes de reconnaissance, et lui dit en lui serrant les mains :

— Vous êtes bon, vous, vous arrachez trois malheureux à la mort.

Puis, courant de toutes ses forces, Pierre se dirigea vers la boutique d'un boulanger qui se trouvait au bout de la rue.

Une heure après le petit Louis n'avait plus faim. Louise avait séché ses larmes, et toute la petite famille bénissait M. Hilaire.

V

L'OUVRIER DE LA VILLE ET L'OUVRIER DES CHAMPS

Le mois de mai arriva, et comme le commerce ne reprenait pas à Louviers, Pierre, qui n'avait jamais exercé que son métier de fondeur, fut cependant obligé de recourir à une autre profession, sous peine de se voir, encore une fois, réduit à la dernière extrémité. Il se dirigea, vers la campagne, alla dans plusieurs fermes demander du travail, et trouva enfin de quoi s'occuper, lui et sa petite famille.

Le 15 mai, par une belle journée, Pierre, Louise et leur fils arrivèrent à la ferme où ils devaient travailler pendant toute la belle saison.

Ils commencèrent d'abord par le sarclage des betteraves. Cette occupation était nouvelle pour eux tous. Ils étaient heureux de se trouver au milieu de la campagne sous les rayons resplendissants du beau soleil de mai. De tous côtés, ils entendaient le chant joyeux des oiseaux, auquel se mêlait parfois la voix grave et sonore d'un charretier conduisant ses chevaux.

Les pauvres gens oubliaient leurs souffrances passées, leurs cœurs s'ouvraient à l'espérance, et bien souvent, eux aussi, mêlaient leurs chants joyeux aux refrains des oiseaux.

Le fermier chez lequel ils travaillaient était un robuste paysan qui n'était jamais sorti de son village. Il était brusque, mais brave homme au fond.

Dès le premier abord, il ne se lia pas beaucoup avec ses nouveaux ouvriers, car, comme tous les villageois, il n'éprouvait pas beaucoup de sympathie pour les ouvriers de la ville. Mais voyant qu'il avait affaire à de braves gens qui cherchaient à s'acquitter de leur devoir le mieux possible, il devint peu à peu plus doux, et bientôt même, il arriva à les traiter familièrement.

Il aimait surtout à s'entretenir avec Pierre des travaux de l'atelier.

— Vous avez beau faire, s'écriait-il souvent, vos ouvriers de la ville ne feraient jamais ce que font les nôtres; ils ne pourraient pas supporter la chaleur brûlante du mois d'août, tout en menant une faulx du matin au soir.

— S'ils y étaient habitués, M. Maxime, ils feraient comme les autres. Croyez-vous que vos charretiers, vos bergers et vos vachers pourraient, d'un jour à l'autre, rester enfermés, pendant de longues heures, dans un atelier où l'on ne respire qu'un air lourd et embrasé ? Allez, chaque métier a ses embarras et ses difficultés.

— J'admets encore que vous ayez autant de mal à la ville que nous en avons à la campagne, mais croyez-vous que vous soyez aussi utiles que nous à la Société ? Nous produisons les matières premières, nous vous nourrissons, sans les paysans, que deviendriez-vous ?

— Je ne nie pas, M. Maxime, votre utilité dans la Société; mais si vous fournissez à l'habitant de la ville, le blé, le lin, le chanvre, etc., les matières premières, enfin; qui tisse, qui fabrique l'étoffe dont se composent vos vêtements ? Qui confectionne les machines dont vous vous servez journellement ? C'est l'ouvrier des villes.

En parlant de machines, on ferait bien mieux de se tenir tranquille que de nous fabriquer des moissonneuses, des machines à battre. Que feront nos ouvriers quand tous les cultivateurs emploieront ces machines-là ?

— Les ouvriers, tant que les affaires marcheront bien, trouveront toujours à s'occuper. Si d'un côté, vous emploierez moins de travailleurs aux champs, d'un autre côté, les constructeurs auront besoin de plus d'ouvriers, ce qui fera la même chose. Il ne faut pas croire, M. Maxime, que le progrès soit un mal ! Au contraire, le progrès avance à mesure que l'intelligence des hommes se développe, et plus il avance, plus l'humanité se perfectionne. De tous temps, les esprits médiocres ont seuls cherché à entraver la marche du progrès, et de tous temps leurs prédictions ont été démenties. Quand Jacquard eut inventé le métier à tisser la soie, les ouvriers tisserands se lamentèrent, ils se révoltèrent même, et brisèrent le métier de l'inventeur sur l'une des places de Lyon. Quelques années plus tard, ce métier faisait la fortune des mêmes populations qui avaient essayé de le détruire.

Lorsque les chemins de fer commencèrent à sillonner la France, les éleveurs de chevaux poussèrent les hauts cris en disant que les chevaux deviendraient inutiles et ne seraient plus vendus à leur juste valeur. Aujourd'hui, ces animaux sont plus chers qu'ils n'ont jamais été. Ainsi, vous voyez, M. Maxime, que, quoiqu'on en ait dit, le progrès n'a toujours traîné après lui que la prospérité et le bien-être ; et, croyez-moi, il en sera toujours ainsi.

— Vous avez peut-être raison sur ce point, mais, pour en revenir à l'ouvrier des villes, il me semble que, gagnant beaucoup plus d'argent que le paysan, il vit moins heureux que lui

— Pour cela, Monsieur, je n'en sais rien, chacun se trouve heureux dans le milieu où il a été élevé, pourvu qu'il ait toujours son nécessaire.

— Je vois la plupart de mes ouvriers se mettre à leur compte après une dizaine d'années de service ; ils sont économes et parviennent toujours à amasser quelques lopins de terre pour s'aider à vivre quand ils deviennent vieux ; mais l'ouvrier des villes n'est pas économe, lui, il dépense son argent à mesure qu'il le gagne, il fait le lundi, il va aux spectacles, si bien qu'arrivé à la vieillesse, il est obligé de recourir à l'hôpital pour ne pas mourir dans la rue.

— Permettez-moi de vous dire, Monsieur, qu'à la campagne vous jugez un peu trop sévèrement l'ouvrier des villes, et qu'en ce moment, vous même émettez une idée complètement fausse.

Tous les ouvriers ne font pas le lundi, l'ouvrier honnête, qui songe à sa famille, n'est pas un pilier de cabaret; il est vrai que, malheureusement, les occasions de dépense et de débauche étant très communes à la ville, beaucoup d'hommes abandonnent le travail pour la bouteille; mais ceux-là ne sont pas des ouvriers rangés, ce sont des malheureux qui ne songent ni à leurs familles, ni à leur avenir, et qui se préparent des jours de douleur. Quant à l'homme honnête, songeant aux siens, sa conduite est tout autre.

Vous me parliez tout à l'heure des théâtres en me les montrant comme des foyers de dépense; là encore, vous vous trompez; je vous dirai, moi, au contraire, que le théâtre est, pour l'ouvrier, un foyer de lumière en même temps qu'un lieu de distraction. C'est là qu'il s'instruit, c'est là qu'il acquiert cette délicatesse, cette sensibilité du cœur qui manque presque toujours au paysan. En écoutant les interprètes des différents personnages qui figurent dans la pièce, il se passionne pour ce qui est grand, beau, généreux, sublime! tandis qu'il voit avec mépris les lâchetés et les trahisons; il s'anime au souffle de l'auteur, il sent qu'il est homme, et des milliers de sensations inconnues s'éveillent en lui.

C'est aussi au théâtre qu'il apprend l'histoire de son pays, c'est là qu'il voit ce qu'ont été ses pères et ce qu'il est aujourd'hui. Le théâtre, Monsieur, est un des plus puissants leviers de la civilisation, c'est à l'aide du théâtre que les écrivains et les penseurs font pénétrer leurs idées dans les masses, car là, l'action est vivante, tandis que dans les livres elle est morte.

C'est pour cela, mon cher Monsieur Maxime, que ceux qui avaient avantage à tenir le peuple dans l'ignorance ont fait tout ce qu'ils ont pu pour étouffer la scène, c'est pour cela qu'autrefois on excommuniait les comédiens et qu'on les considérait comme des parias, c'est pour cela enfin qu'un prêtre refusa d'enterrer Molière.

— Alors, à votre avis, l'ouvrier des villes, par l'instruction qu'il peut acquérir, est meilleur que l'ouvrier des campagnes.

— Tous deux sont bons, Monsieur, car tous deux travaillent pour la Société, car tous deux sont citoyens d'une même patrie; aussi, ne devrait-il pas exister de ces antipathies de citadin à paysan, qui font que l'un appelle l'autre *blanc-bec*, et que l'autre lui répond en l'appelant *lourdaud;* l'ouvrier des champs et l'ouvrier des villes sont frères, et quand la patrie est en danger, les *blancs-becs* et les *lourdauds* marchent à côté l'un de l'autre au-devant de l'envahisseur.

Monsieur Maxime, après des entretiens analogues au précédent, et qui duraient quelquefois des heures entières, le dimanche quand on était assis devant la porte de la ferme, se disait-il : « Il a tout de même raison, que l'on travaille à la ville ou à la campagne, que l'on sue dans l'atelier ou dans les champs, on contribue à la prospérité de la France, on remplit son devoir.

Au mois d'octobre, après cinq mois de travail, Pierre et sa famille quittèrent la ferme, en emportant avec eux, deux cents francs, et en promettant à M. Maxime de revenir bientôt le voir.

VI

LA FILLE SÉDUITE

En arrivant à Louviers, la petite famille changea de domicile, et alla demeurer dans le faubourg Saint-Germain. On loua là, moyennant la somme de quatre-vingts francs par an, une petite maisonnette et un jardinet. Pierre reprit son ancien état, car l'usine Mercier avait ouvert ses portes après la libération du territoire.

Louise, affaiblie par toutes les épreuves qu'elle avait souffertes, restait au logis, et son fils retournait à la classe où il continuait de travailler avec ardeur.

M. Hilaire venait souvent voir son cher élève et continuait de lui donner gratuitement des leçons.

Tout allait pour le mieux, car dans un ménage d'ouvriers, quand le chef de la famille a du travail, l'aisance et la joie règnent au foyer.

Près de la demeure de Pierre, habitait une autre famille d'ouvriers. Ce ménage se composait de trois membres ; le père et la mère, M. et Mme Bertrand, et leur fille, Eugénie.

M. Bertrand était menuisier et se rendait chaque jour à son travail, sa femme était employée dans un hôtel de la ville, Eugénie était modiste.

Eugénie avait dix-huit ans, elle avait une taille moyenne, de beaux cheveux blonds et de grands yeux bleus, sa bouche fraîche et rose riait toujours; cette jeune fille était douce et gaie, elle aimait ses parents et elle était leur idole.

La famille Bertrand se lia bientôt avec les nouveaux voisins; le dimanche on se réunissait, les hommes faisaient une partie de cartes, les femmes jouaient au loto en s'entretenant des nouvelles du quartier. Eugénie était l'âme de ces petites réunions, sa gaieté amenait un sourire sur toutes les lèvres.

On se séparait vers dix heures du soir, en remettant à huitaine la partie interrompue, Pierre avait repris sa gaieté d'autrefois, le travail lui avait rendu son humeur joyeuse en le délivrant de la misère, et souvent il disait à son épouse:

— Vois-tu, Louise, nous avons été bien malheureux; pendant un moment, nous avons presque désiré la mort, et maintenant grâce à un cœur généreux qui s'est trouvé sur notre route, nous avons retrouvé notre bonheur de naguère. Dieu soit loué, on ne doit jamais désespérer de l'avenir. Louise ne répondait pas, mais aux larmes de joie qui coulaient sur son visage, on devinait que, elle aussi, avait oublié les cruelles épreuves de l'adversité.

Un soir, Pierre, en revenant de l'atelier, aperçut devant lui une jeune fille marchant avec rapidité. A peu de distance de cette demoiselle, un jeune homme, vêtu avec élégance, marchait, lui aussi, à pas précipités; il semblait désireux d'entrer en conversation avec la personne qui cheminait devant lui. Il toussait de temps à autre, puis fredonnait un refrain; enfin, voyant que ses petits manèges n'aboutissaient à rien, il pressa le pas, atteignit la jeune fille et murmura quelques mots; la demoiselle ne lui répondit pas et s'enfuit à toutes jambes. Le suiveur, car c'en était un, n'avança pas, il se contenta de dire, au moment où Pierre passait près de lui :

— Une course de perdue! Bah! je reviendrai à la charge. Peut-être serai-je plus heureux demain ? Puis, en roulant une cigarette, il fit volte-face et marcha dans une direction opposée.

Pierre, à cause de l'obscurité, n'avait pu distinguer la jeune fille, mais il se promit de voir, si le lendemain, la petite scène à laquelle il avait assisté, se renouvellerait.

Le lendemain, en effet, le suiveur et la jeune fille se retrouvaient devant lui; les mêmes manèges, auxquels il avait assisté la veille, se renouvelèrent, avec cette petite variante, que la demoiselle ne s'enfuit pas tout de suite à l'approche du jeune homme, et que l'ouvrier fondeur entendit ce dernier dire en passant près de lui :

Histoire d'un Ouvrier

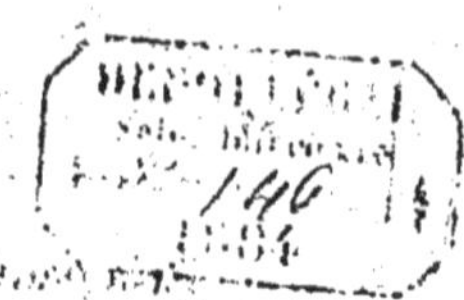

Liv. 4. — *Mon père, mon père! Grâce! Grâce! Pardonnez-moi!*

« Elle est timide, mais ça va mieux que je ne l'aurais cru ; encore quelques jours et la pièce sera jouée. »

En entendant ces paroles, Pierre eut un frisson : « Encore une malheureuse, pensa-t-il, qui grossira le troupeau des déclassées, et qui gémira bien des fois sur sa première faute. Peut-être cette pauvre fille a-t-elle de vieux parents qui l'aiment, et qui, par sa légèreté, se verront conduits au désespoir ? O ! bonheur ! A quoi tiens-tu ? un baiser peut te chasser à jamais. »

Pendant quelques jours, le fondeur fut obligé de rester une heure de plus à l'atelier, si bien qu'il ne fut plus témoin des petites scènes que nous avons décrites, et qu'il oublia presque complètement les deux amoureux.

Trois mois s'étaient écoulés, la vie était toujours la même pour la petite famille, lorsqu'un soir vers onze heures, Louise réveilla son mari, qui, après une journée de labeur, dormait d'un sommeil de plomb.

— Qu'as-tu, ma chérie, es-tu malade ? demanda Pierre.

— Non, mais écoute.

Des cris aigus, des sanglots se firent entendre.

— On dirait qu'on assassine quelqu'un, dit l'ouvrier en se levant.

Il ouvrit la fenêtre, les cris redoublaient.

— Diable ! s'écria-t-il, c'est chez Bertrand que la scène se passe.

— Tu crois, mon ami.

— J'en suis sûr ! aussi j'y cours. Que peut il bien y avoir.

En un instant, Pierre fut dans la cour du voisin, à mesure qu'il approchait, les cris devenaient plus aigus, et il entendait une voix suppliante qui disait :

— Mon père, mon père ! Grâce ! Grâce ! Pardonnez-moi !

Mais une autre voix animée par la colère, répondait :

— Te pardonner ! misérable, jamais ! Je te chasserai, ou plutôt, non, je te tuerai.

Et des coups sourds retentissaient, comme si le père, joignant l'action à la menace, eût frappé son enfant.

D'un bond, Pierre arriva à la fenêtre, qu'il enfonça, puis, il pénétra dans la chambre.

Alors un spectacle horrible s'offrit à ses yeux.

Bertrand, l'œil égaré, les traits enflammés, tenait sa fille par les cheveux ; la pauvre Eugénie, sanglante, était couchée sur le pavé ; elle ne criait plus, on eût dit qu'elle était morte. Dans un coin, la mère sanglotait.

— Que fais-tu là ? malheureux, s'écria le fondeur, tu assassines ta fille, et en un instant il eût délivré Eugénie des mains de son bourreau.

— Rends-moi cette misérable, ou je te tue à sa place! hurla Bertrand furieux.

— Frappe-moi si tu veux, je ne suis pas un enfant, moi, et je pourrai te répondre; mais il est profondément lâche de frapper un être faible qui ne peut que gémir. Je ne t'aurais jamais cru aussi méchant, Bertrand.

— Mais tu ne sais donc pas ce qu'elle a fait, tu ignores donc qu'elle m'a ravi mon honneur, et qu'elle nous fera mourir de douleur, sa mère et moi?

— Quel est donc son crime à cette pauvre enfant, qui cependant était si douce et que toi-même, il y a quelques jours encore, tu aimais tant.

— Elle est enceinte! elle vient de me l'avouer.

— A ces mots, Pierre recula, terrifié. Il comprenait la douleur et la rage de ce malheureux père qui, en un instant, avait vu s'écrouler les rêves qu'il avait formés sur une tête chère et aimée, et qui avait vu ses illusions remplacées par la honte et par le déshonneur.

Il n'avait plus devant lui un vulgaire assassin, il était en présence d'un malheureux égaré par la douleur et par la colère. Aussi, fût-ce d'une voix douce qu'il dit à Bertrand :

— Mon ami, excuse-moi de t'avoir parlé aussi durement que je l'ai fait, j'ignorais le mobile qui te poussati à frapper ta fille. Je te plains, car tu es bien malheureux; mais enfin, si cette pauvre enfant a commis une faute, tu ne dois pas la tuer pour cela. C'est ta fille, ton sang doit parler et tu dois lui pardonner.

— Lui pardonner! jamais! Je ne la tuerai pas, soit! mais qu'elle parte, je ne veux plus la revoir; elle m'a déshonoré, je n'ai plus d'enfant, qu'elle parte, je la chasse! Et le malheureux fondit en larmes.

Pierre comprit que le moment de la réconciliation n'était pas venu, il laissa Bertrand et sa femme en proie à leur douleur, et emporta dans sa demeure, Eugénie évanouie et sanglante.

Louise fut douloureusement surprise en apprenant ce qui s'était passé; car elle avait un cœur généreux et elle plaignait le malheureux Bertrand en même temps qu'elle compatissait au sort de la pauvre Eugénie

Quand elle fut revenue à la vie, la pauvre fille se mit à sangloter; le fondeur et sa femme essayèrent de la consoler, tout fut inutile.

— Mon père, mon pauvre père, disait-elle, je t'ai déshonoré, j'ai répondu à ton amour par de l'ingratitude. Oh! tu ne me pardonneras jamais! Non! c'est impossible, d'ailleurs, tu me l'as dit.

Et la pauvre enfant se roulait sur son lit en proie au désespoir le plus affreux.

Vers le matin, elle parvint cependant à s'endormir, mais son sommeil était agité, sa poitrine se soulevait par mouvements saccadés, des mots incohérents sortaient de sa bouche, ses bras se tordaient. Parfois, s'éveillant à moitié, elle se levait sur son séant, et d'une voix égarée, elle criait :

— Mon père, mon père, pardonne-moi !...... Oh ! si tu savais comme je souffre ! Mon père !.. Non, tu ne veux pas me répondre, tu ne m'écoutes pas !.... Je suis indigne de toi, tu me chasses, je ne te verrai plus. Oh ! mon Dieu ! mon Dieu ! Et elle retombait sur le lit, épuisée, suant à grosses gouttes.

Ce sommeil, ou plutôt cet affreux cauchemar, dura jusqu'à dix heures du matin environ.

Quand la malheureuse se réveilla, Louise était à ses côtés.

Elle ne la reconnut pas.

— A boire ! s'écria-t-elle, j'ai soif ! Oh ! j'ai des charbons, là, là. A boire ! maman, à boire !

Louise, tout éplorée, apporta un verre d'eau sucrée, que la pauvre Eugénie avala d'un trait. Puis, elle retomba tout d'une masse sur sa couche.

Un instant elle resta immobile, puis ses membres s'agitèrent, elle grelottait, de grosses gouttes de sueur coulaient le long de ses joues, son visage se contractait, ses yeux, démesurément ouverts, étaient hagards.

Louise eut peur, elle s'enfuit dans la cuisine.

A ce moment, Pierre arrivait pour déjeuner.

— Comment va-t-elle ? demanda-t-il.

— Elle est bien mal, sa figure est décomposée, elle me fait peur.

Pauvre fille, murmura l'ouvrier en s'approchant du lit de la malade. Quand il l'eut considérée un moment, il dit à sa femme :

— Ne la quitte pas, je vais chercher le docteur.

Une demi-heure après, Pierre revenait avec un médecin auquel il avait raconté tout ce qui s'était passé.

L'homme de l'art s'approcha du lit, et, après avoir considéré Eugénie pendant un instant, il hocha la tête en disant :

— Cette fille est bien malade, elle est en proie à une fièvre cérébrale qui pourrait bien la mener au tombeau.

— Croyez-vous, docteur, qu'il n'y ait plus d'espoir.

— Je ne dis pas cela, mais la maladie est grave, et vu l'état où se trouve cette fille, je crains beaucoup que, malgré mes efforts, je ne puisse la guérir.

— Dites ce qu'il faudra faire, docteur, et je vous assure que les soins ne lui seront pas épargnés.

— Je sais que vous êtes de braves gens, mais si la maladie s'aggrave comme je le pense, je crains bien que vos soins et les miens soient inutiles.

Je suis peut-être un peu trop franc en vous parlant ainsi, mais je ne puis vous donner un espoir que je ne partage pas.

Après avoir dit ces mots, le médecin écrivit une ordonnance et partit.

Le petit Louis alla chez le pharmacien chercher les médicaments nécessaires, et Pierre, tout attristé, regagna son atelier.

L'état d'Eugénie ne changea pas, le délire continua, l'imagination de la pauvre fille retournait vers le passé, elle revoyait son séducteur, lui parlait, lui faisait des reproches.

— Albert! Albert! disait-elle, je t'aime, pourquoi me quittes-tu? Tes parents te demandent, dis-tu? mais..... surtout, ne sois pas longtemps à revenir..... Il y a déjà longtemps que tu es parti, tu ne reviens pas, et je suis enceinte! Oh! que va dire mon père? Si tu étais-là, avec moi, j'aurais la force de tout lui avouer, mais tu es parti. Albert! Albert! Oh! mon Dieu! où es-tu? M'aurais-tu abandonnée. Non, n'est-ce pas? tu me disais trop bien: « Je t'aime! » tu n'aurais pas voulu me quitter pour toujours.... Oh! que je souffre!..... Mon père, ma bonne mère, que vont-ils dire quand ils vont tout savoir? Oh! Albert! Albert! reviens! Tu m'épouseras, n'est-ce pas? mon père ne se mettra pas en colère, et nous serons heureux! Oui, nous serons heureux, mais..... en ce moment..... Oh! que je souffre! Albert! Albert!

Et la malheureuse se tordait, en proie à d'atroces souffrances.

En revenant de l'atelier, le soir à sept heures, Pierre heurta tout à coup le père Bertrand qui l'attendait au coin d'une rue.

— Que faites-vous là? lui demanda le fondeur:

— Je vous attendais pour vous demander ce que vous avez fait d'Eugénie; car ce matin, au petit jour, j'ai emmené ma femme chez sa sœur qui demeure à deux lieues d'ici; et depuis, je n'ai pas osé retourner chez moi.

— Votre fille est couchée dans ma chambre.

— Est-elle bien malade.

— Après ce qui s'est passé chez vous, hier au soir, vous devez vous en douter.

— Mais enfin, ses blessures ne sont pas bien graves?

— Les blessures ne sont rien, mais elle a la fièvre, elle a le délire, que sais-je? Le médecin est très inquiet sur son état.

— Mon Dieu! sa vie est en danger peut-être?

— Je le crains.

— Ah! J'ai tué ma fille! Et le malheureux se mit à sangloter. Pierre n'eut pas la force de le consoler, et les deux hommes arrivèrent dans la chambre où se trouvait la malheureuse Eugénie, sans avoir échangé une parole.

Le médecin était au chevet de la malade, Pierre s'approcha de lui et lui demanda tout bas:

— Croyez-vous que son père puisse, sans danger, s'approcher du lit?

— Il le peut, elle ne le reconnaîtra pas, tout est fini maintenant.

— Oh! docteur, n'y a-t-il plus d'espoir?

— Demain matin, elle sera morte.

Pierre, atterré, tomba sur une chaise qui se trouvait à sa portée.

Bertrand n'avait pas entendu les paroles du médecin, il s'était précipité sur le lit de sa fille, et étreignant son enfant dans ses bras, il lui criait:

— Eugénie, Eugénie, me reconnais-tu? je suis ton père, je te pardonne, embrasse-moi ma fille, mais embrasse-moi donc!

Elle, la malheureuse, fixait sur lui ses grands yeux sans regards, elle ne lui répondait pas, car elle ne l'entendait pas.

— Eugénie, mon Eugénie, tu ne me réponds pas, m'en voudrais-tu? J'ai été brutal, j'ai été méchant, je le sais; mais enfin, j'étais si malheureux de te voir déshonorée, de voir ton avenir brisé, moi qui t'aimais tant!..... Eugénie, Eugénie! Oh! parle-moi.

Et le pauvre père la secouait au point de lui broyer les bras.

Le médecin lui frappa sur l'épaule et lui dit:

— Laissez-là, elle ne vous entend pas.

— Ma fille, ma pauvre fille, est-elle morte? Oh! non, n'est-ce pas, Monsieur?

— Non, pas encore.

— Pas encore, dites-vous, mais..... est-elle en danger?

— Le docteur ne répondit pas.

— Oh! s'écria le malheureux Bertrand, ma fille! ma fille! J'ai tué ma fille! Et il tomba comme une masse sur le pavé de la chambre.

— Autant vaut cela, dit le médecin, il ne la verra pas mourir.

Pierre porta son ami sur le lit de Louis, et revint près du docteur.

Eugénie ne parlait plus, mais parfois, elle faisait entendre des cris rauques, elle se débattait comme sous l'étreinte d'une force invisible, puis elle restait immobile, l'œil fixe, les bras tendus.

Tout à coup, elle devint pâle, porta les mains à sa poitrine, essaya de se soulever, puis retomba sur le lit : elle était morte.

Le docteur serra la main de Pierre, salua Louise, et partit en disant : « Pauvre fille ! »

. . . .

— Le lendemain, vers huit heures du matin, Mme Bertrand arriva chez Pierre et lui dit :

— Je vous en prie, Monsieur, dites-moi où est ma fille ; mon mari m'avait conduite chez ma sœur afin que je ne la revoie plus ; mais je ne puis plus y tenir, je veux l'embrasser, je veux lui pardonner, où est-elle ?

Pierre, d'une voix sombre, répondit en indiquant du doigt la porte de sa chambre :

— Elle est là.

La pauvre femme se précipita vers l'endroit que lui indiquait le fondeur, mais elle recula bientôt, terrifiée.

Elle avait vu le cadavre de sa fille, et tout autour du lit, des cierges allumés, puis, dans un coin, Bertrand agenouillé. La malheureuse ne jeta qu'un cri, mais un cri terrible. Pierre, qui se trouvait derrière elle, la soutint dans ses bras au moment où elle allait tomber.

L'abattement de la pauvre femme ne fut pas de longue durée, elle se leva bientôt, comme poussée par une force irrésistible, se jeta sur le cadavre de sa fille, et couvrit de baisers cette bouche charmante qui lui avait tant de fois souri, et qui maintenant était crispée par l'affreux rictus de la mort.

— Eugénie, Eugénie, criait-elle, ma pauvre fille, c'est donc bien vrai, tu ne m'entends plus, tu es morte. Oh ! mon Dieu, comme tes petites mains sont froides, ton front est glacé !

Eugénie, Eugénie, tu ne peux plus me parler, jamais, jamais, je n'entendrai ta bouche chérie prononcer mon nom. Oh ! ma pauvre enfant, elle était si douce, si bonne, elle m'aimait tant ! et puis, à peine si elle avait dix-huit ans, et déjà elle est partie, partie pour toujours ! Et la malheureuse mère éclatait en sanglots.

Tout à coup, elle entendit pleurer derrière elle, elle se retourna et aperçut son mari, abîmé, lui aussi, dans sa douleur.

Alors, elle se releva, et, les poings crispés, elle s'avança vers Bertrand.

— Misérable ! hurla-t-elle, regarde ce que tu as fait de ma fille ! et elle le poussa vers le cadavre. Regarde, mais regarde-donc, tu n'oses pas lever les yeux sur ta victime, n'est-ce pas, lâche ? et cependant, l'autre jour, tu la frappais brutalement, cette pauvre enfant qui ne t'avait jamais donné que des caresses, tu avais enroulé ses cheveux autour de ton bras, et tu la traînais sans pitié sur les pavés de la chambre. Quand cette bouche, maintenant close à jamais, te criait : « Grâce, grâce, mon père ! » ton cœur restait insensible et ta main frappait ! Bourreau, voilà ta victime, père dénaturé, voilà ce que tu as fait de ta fille. Il ne te reste plus qu'une seule chose à faire, maintenant, pour couronner dignement ton œuvre ; frappe-moi aussi, tue-moi à mon tour, afin que je n'aie pas la douleur de survivre à mon enfant bien-aimée. Frappe, mais frappe donc !

Et la malheureuse, folle de douleur, se précipitait sur son mari et voulait le forcer à la frapper.

Pierre mit fin à cette scène terrible en emportant Mme Bertrand dans un autre appartement où elle continua de gémir et de se lamenter.

. . . .

Le lendemain, le corps d'Eugénie fut transporté au cimetière ; cinq personnes suivaient le char funèbre, le père et la mère de la défunte accompagnés de Pierre et de sa petite famille.

La pauvre fille repose au cimetière des Oiseaux (1), et chaque année, au printemps, sa tombe est couverte de fleurs.

. . . .

Bien des jeunes filles éprouvent aujourd'hui le même sort que la malheureuse Eugénie, et finissent, sinon d'une manière aussi tragique, du moins d'une façon plus misérable encore. Comme la pauvre fille dont nous venons de raconter l'histoire, si elles sont gentilles, elles se trouvent en butte à toutes les séductions.

Le soir, à la sortie de l'atelier, elles sont suivies par des jeunes gens qui les accostent d'abord timidement, qui sont pour elle remplis de prévenances, qui leur promettent un avenir pur et sans nuages. Les pauvres enfants résistent d'abord, car un instinct secret les avertit du danger ; mais elles sont jeunes, elles ne voient la vie que par ses beaux côtés, elles ne soupçonnent pas encore l'astuce et le mensonge. Et puis, un cœur généreux et plein d'aspirations bat dans leur poitrine, un sang chaud bouillonne dans leurs veines ; l'amitié filiale ne leur suffit déjà plus, elles ont besoin d'amour, elles rêvent un cœur semblable au leur dans lequel elles pourront s'épancher ; leur imagination ardente, aspire après l'inconnu, elles oublient bientôt les sages conseils de leur conscience. Elles se souviennent bien avoir entendu dire que beaucoup de jeunes filles ont été

(1) Ainsi s'appelle le cimetière de Louviers.

Histoire d'un Ouvrier

Liv. 5. — Louise vit venir à elle un Monsieur fort bien mis . . . .

trompées; mais elles ne se figurent pas que ce malheur puisse leur arriver, car elles ont confiance en celui qui les suit chaque jour, qui leur dit qu'il les aime; elles s'en sont fait une idole à laquelle elles se livrent bientôt, et alors, elles sont perdues.

Oui, leur réveil est terrible, quand après s'être données corps et âme à un vil séducteur, et après avoir goûté le bonheur du premier amour, elles se retrouvent seules avec leurs illusions brisées et leur avenir perdu. Alors, un vide affreux se fait dans ces jeunes cœurs, jusqu'alors gonflés d'espérance et d'idéal, et livrés tout à coup, sans transition, à la réalité nue et terrible; le désespoir s'empare de ces pauvres âmes jusqu'alors si heureuses, et elles sont brisées en un moment.

Quelques-unes préfèrent la mort à la honte; d'autres, moins énergiques, implorent le pardon de leurs parents, et souvent, se voient battues, chassées.

Partout on leur jette des regards de mépris, et quelquefois même, l'insolente raillerie se mêle au dédain général. Alors ces malheureuses, bannies du toit paternel, abreuvées de honte et de mépris, prennent la société en haine, et vont peupler les maisons publiques. Là, dans ces égoûts de la Société, elles perdent en peu de temps la pudeur de la femme, et deviennent des êtres immondes; leur cœur, jadis si aimant, devient froid comme le marbre; elles sont perdues à jamais, mais qu'elles ont dû souffrir pour en arriver à ce point!

D'autres, au moment où elles sentent qu'elles vont devenir mères, se rappellent ce qu'on leur a raconté sur les filles trompées, elles craignent le ressentiment de leurs parents et le mépris de la société. Alors, pour sauver leur honneur, elles conçoivent un plan infernal, elles dissimulent leur grossesse, accouchent seules au milieu d'atroces souffrances, puis, étouffant l'amour maternel qui germe dans leur sein, elles font périr le pauvre innocent, fruit de leur première faute Mais la foule les a épiées sans qu'elles ne s'en doutent, et ces malheureuses, conduites au crime par la légèreté, vont expier leur forfait dans une prison.

Voilà à quels dangers sont exposées chaque jour des milliers de jeunes filles, et si la mère de famille comprenait bien sa tâche, elle devrait montrer à son enfant chérie le danger des séductions, elle devrait lui mettre sans cesse des exemples sous les yeux, et la dérober ainsi à la honte et au déshonneur.

Un célèbre écrivain (Victor Hugo) a dit, en parlant de Fantine dans les (Misérables): « Si la loi punit la fille publique qui raccole dans la rue, elle doit aussi punir le suiveur qui, au lieu de chercher un homme, cherche une femme. » Nous n'irons pas aussi loin que l'illustre maître, nous nous attaquerons simplement à la mère de famille, et nous lui dirons : « Vous seule pouvez faire de votre fille une femme honnête en soignant son éducation, et en surveillant sa conduite ; car si votre enfant est laissée à elle-même, elle tombera sans le vouloir, sans avoir le désir de faire le mal, et ce sera votre faute, c'est vous qui serez la coupable, et c'est elle qui sera la victime.

VII

UN HÉRITAGE

La mort d'Eugénie avait jeté un voile de deuil sur la petite famille de Pierre : M. Bertrand et sa femme avaient quitté leur ancienne demeure, car ils ne pouvaient voir sans douleur les lieux où leur malheureuse fille avait passé son enfance. Avec Eugénie et ses parents, s'étaient envolées ces bonnes parties du dimanche qui remplissaient de joie et de gaicté la petite maison du fondeur.

Louise surtout était triste, elle aimait Mlle Bertrand, et sa fin tragique l'avait cruellement frappée. Cette femme était d'ailleurs d'un caractère mélancolique, et les terribles épreuves de la misère avaient encore augmenté son fonds naturel de tristesse.

Quant à Pierre et à son fils, ils travaillaient avec courage, l'un à l'atelier, l'autre à l'école.

Louis venait d'atteindre sa quinzième année, depuis deux ans déjà il avait son certificat d'études, M. Hilaire était fier de son élève, il voulait en faire un bachelier.

Les choses en étaient à ce point, quand, par une belle matinée du mois d'avril 1873, Louise, qui était en train de coudre devant la porte de sa maison, vit venir à elle un monsieur fort bien mis qui lui demanda :

— N'est-ce pas ici que demeure un nommé Pierre, ouvrier fondeur?

— Oui, monsieur, c'est mon mari.

— Très bien, madame, à quelle heure, je vous prie, prend-il ses repas?

— A onze heures du matin et à sept heures du soir.

— Je vous remercie, je reviendrai à onze heures.

— Mais, monsieur, pourrai-je savoir ce qui vous amène?

— Madame, vous pouvez-être sans inquiétude, si votre mari est bien l'homme que je cherche, il ne lui sera fait aucun mal, au contraire.

Là-dessus l'inconnu salua Louise et partit.

La bonne femme était très perplexe, elle se creusait la tête à se demander ce que pouvait bien vouloir à son mari, ce monsieur inconnu, mais elle ne découvrait rien.

A onze heures, Pierre arriva, et sa femme lui dit au moment où il se mettait à table:

— Il est venu un monsieur te demander.

— T'a-t-il dit le motif qui l'amenait?

— Non, il doit revenir. Tiens! dit-elle en baissant la voix, le voilà!

En effet, l'inconnu fut bientôt dans la maison.

— Pardonnez-moi, monsieur, si je vous dérange, dit-il, mais j'ai quelques petits renseignements à vous demander.

— Je suis à vos ordres, monsieur, mais d'abord, ayez la bonté de vous asseoir.

Quand l'inconnu se fut assis, il continua:

— Vous vous appelez Pierre, vous êtes né à Louviers et vous êtes fondeur.

— Oui, monsieur.

— Vos parents sont-ils mort?

— Il y a longtemps, malheureusement!

— Vous n'avez ni frères ni sœurs?

— Pardon, j'ai un frère qui est mécanicien, il se nomme Isidore, et depuis plus de vingt ans, il est parti du pays, je ne sais ce qu'il est devenu.

— Très bien, vous êtes l'homme que je cherche, votre frère est mort il y a trois mois à Vesoul où il avait fondé un petit établissement.

— Pauvre Isidore, il avait quarante-six ans à peine.

— Laissez moi achever, je vous prie, votre frère en mourant, vous a déclaré son unique héritier, et si vous voulez signer cet acte, je vous compterai 25.000 francs, montant de l'héritage.

Le fondeur et sa femme n'en pouvaient croire leurs oreilles, jamais ils n'avaient rêvé posséder une somme aussi forte.

Pierre signa, l'homme d'affaires compta les billets de banque, salua et sortit.

Quand ils furent seuls, les pauvres gens se regardèrent, ils ne pouvaient croire à ce coup de fortune inattendu, eux qui avaient vu la misère de si près.

Il fallut cependant se rendre à l'évidence.

Le premier mouvement une fois passé, on se concerta afin de savoir ce que l'on ferait bien de l'argent.

— Si tu voulais, dit Louise à son mari, la maison que nous habitons est à vendre, nous l'achèterions.

— Tu as raison, mon amie, j'irai dimanche prochain trouver le propriétaire, et j'espère que nous nous arrangerons.

Le dimanche suivant, en effet, Pierre se rendit chez son propriétaire, on discuta le prix pendant un instant, puis on se donna rendez-vous pour se trouver chez le notaire huit jours plus tard.

Au jour dit, l'acte de vente fut signé et Louise eut le plaisir d'habiter dans une maison à elle, dans sa propriété enfin.

Vingt mille francs à peu près restaient sur l'héritage, ils furent placés chez un banquier des environs.

M. Hilaire était venu complimenter la petite famille sur sa bonne fortune, et il avait conseillé à Pierre de mettre son fils au Lycée.

— Avec le revenu que vous tirerez de vos vingt mille francs, avait-il dit, vous pourrez largement payer la pension de votre enfant, et par ce petit sacrifice vous lui ouvrirez la voie de l'avenir. Louis partit donc pour Rouen où il travailla avec la même ardeur qu'à Louviers.

A la fin de la première année, il s'était déjà fait distinguer de ses professeurs, et on le classait au nombre des meilleurs élèves de l'établissement. Pierre, lui, travaillait toujours, mais comme on savait qu'il avait hérité d'une somme assez importante, il jouissait d'une certaine considération au milieu de ses camarades d'atelier, et ceux surtout qui l'avaient fui au moment de sa misère, cherchaient le plus possible à se rapprocher de lui. Malheureusement il en est ainsi dans la Société: un homme est-il malheureux, les mauvais cœurs le fuient et presque tout le monde l'abandonne: au contraire, s'il est dans l'opulence, il trouve partout de prétendus amis. Pierre ne tirait pas vanité de l'aisance relative dont il jouissait, il était toujours le même, bon et serviable envers tous.

Il se rapprochait surtout de ceux qui étaient dans la misère, et souvent, en allant les voir, il laissait, comme par mégarde, une pièce de monnaie sur la table.

Louise surtout avait vu avec bonheur son changement de fortune; elle, qui avait été si malheureuse, se sentait toute joyeuse en songeant que maintenant, elle était à l'abri de la misère. Et puis elle aimait son cher Louis, et elle était fière de ses succès. Il fallait la voir, pendant les vacances, quand elle se promenait, appuyée sur le bras de son fils déjà presque un jeune homme. Comme elle le regardait avec bonheur, et qu'elle était heureuse, quand parfois elle entendait dire derrière elle :

— Çà, c'est le garçon de Pierre, il est au Lycée de Rouen, il est bien savant à ce qu'il paraît.

Alors elle se redressait de toute sa petite taille, et si elle n'eût craint le ridicule, elle eût embrassé son fils au milieu de la rue.

Pauvre femme! elle était comme toutes les mères, elle idolâtrait son Louis, qui, il faut le dire, le lui rendait bien.

VIII

LA BANQUEROUTE

Deux années s'étaient écoulées depuis l'instant où la petite famille avait hérité. Pierre et sa femme étaient heureux, leur fils venait de subir avec succès les épreuves pour le certificat de grammaire.

Les bonnes gens bâtissaient des châteaux en Espagne sur la tête de leur enfant chéri : déjà ils le voyaient bachelier, puis avocat, car c'était la vocation vers laquelle semblait aspirer le jeune homme.

Tout enfin semblait présager un avenir heureux.

Un soir, en revenant de l'atelier, le fondeur fut tout surpris de voir de nombreux groupes stationner sur la place de Rouen. Un bruit confus de voix furieuses sortait de ces groupes où plusieurs individus gesticulaient d'une façon désespérée.

Pierre s'approcha et entendit alors distinctement ces mots répétés par cent voix :

— C'est un voleur ! il mériterait d'être brûlé vif. Oh ! si je le tenais. Est-ce possible de ruiner ainsi des milliers de personnes. Oh ! le coquin, le brigand.

— Qu'y a-t-il demanda le fondeur en frappant sur l'épaule d'un homme qui paraissait fort en colère.

— Quoi ! vous ne le savez pas encore, ce bandit de X... vient de faire banqueroute.

— En êtes-vous bien sûr ?

— C'est malheureusement trop vrai, je perds cinq mille francs, et vous ?

— Moi, tout ce que je possède est chez lui, vingt mille francs environ.

— Eh bien ! mon cher ami, nous pouvons nous donner la main, nous sommes tous deux les victimes de ce coquin.

— Mais où est-il ?

— Je n'en sais rien, vous comprenez qu'il ne va pas venir se promener au milieu de nous, je crois qu'on lui ferait un mauvais parti.

En ce moment, un vieillard tout essoufflé, s'approcha de l'homme qui parlait à Pierre.

Est-ce bien vrai ce que l'on dit ! demanda-t-il

— X... a fait banqueroute, oui.

Ah mon Dieu ! Que vais-je faire, maintenant !

Je suis vieux, je ne puis plus travailler, j'avais placé chez lui toutes mes petites économies, le fruit de vingt années de travail, monsieur Avec cela je pouvais vivre, mais maintenant, que vais-je devenir ?... Je vais être obligé de mendier, je mourrai à l'hospice. Ah ! le brigand ! Peut-on voler ainsi de malheureux ouvriers. Oh mon Dieu ! mon Dieu ! Et le vieillard se mit à pleurer.

De tous côtés de pareilles scènes se renouvelaient.

Là, c'était une femme déjà âgée, une veuve, qui disait :

— J'ai placé chez lui les quelques mille francs dont j'ai hérité à la mort de mon mari, je réservais cette petite somme pour la dot de ma fille, et le misérable m'a tout volé ; maintenant ma pauvre enfant n'a plus rien, je ne pourrai pas l'établir. Oh ! le voleur, qu'il soit maudit !

Plus loin, un ouvrier, jeune encore, les mains toutes noircies par le travail de la journée, s'écriait presque en pleurant :

— Je possédais deux mille francs que j'avais été dix années à amasser, avec cette somme j'espérais m'établir, acheter un fonds, devenir maître à mon tour. J'ai tout confié à ce coquin, et maintenant c'est terminé, je serai obligé de rester toute ma vie un simple ouvrier. Oh ! le misérable, si je le tenais ! Et le pauvre diable levait ses mains en l'air avec un geste significatif.

Pierre avait la mort dans l'âme, il reprit le chemin de sa demeure, la tête basse et songeant tristement.

Tout est perdu, murmurait-il. Adieu mes rêves d'avenir et de bonheur ! Mon fils ne pourra pas continuer ses études, sa carrière sera brisée; il allait pourtant bien, le pauvre enfant, et certes, il serait parvenu à se faire une belle position.

Mais il ne faut plus y songer, dans quelques jours je serai forcé de le retirer du Lycée. Oh ! quel malheur pour lui ! Quant à moi, je deviens vieux, dans quelques années je ne pourrai plus travailler; déjà je ne gagne plus que trois francs par jour. Que deviendrai-je ? Je me verrai forcé de tendre la main, et j'irai mourir à l'hôpital. Mais Louise, ma pauvre Louise, que va-t-elle dire en apprenant cette affreuse nouvelle ? Oh ! quel coup pour la pauvre femme, elle qui se trouvait si heureuse, qui croyait être sauvée à jamais de la misère; elle va s'y retrouver plongée en un instant ! Je n'aurai jamais la force de lui dire que nous avons tout perdu, elle apprendra toujours trop tôt la vérité.

De grosses gouttes de sueur perlaient sur le front du fondeur, il marchait cependant à petits pas, on eût dit qu'il craignait de rentrer chez lui.

C'est un être bien infâme, que ce monsieur X..., se disait-il, il a ruiné des milliers d'honnêtes gens qui avaient confiance en lui. Pour s'enrichir il a volé le fruit du labeur de bien des existences, il a jeté dans la misère des centaines de familles. Oh ! s'il avait encore un peu de cœur, cet or devrait lui brûler les mains et être un éternel remords pour sa conscience.

Mais non, c'est un vil spéculateur qui a froidement dépouillé ses victimes, et qui, après avoir passé quelques mois en prison, ira finir ses jours dans un château qu'il aura payé du fruit de ses rapines. Il sera honoré par ceux qui ne le connaîtront pas, tandis que ceux qu'il aura ruinés périront de misère.

Oh ! la loi n'est pas assez sévère pour ces hideux spéculateurs qui dépouillent sans scrupules des milliers d'honnêtes gens, parce qu'ils savent que leur peine ne sera pas en rapport avec leur forfait. Non, ils ne sont jamais assez punis ceux qui, en un seul jour, enlèvent à l'ouvrier le fruit d'une vie de labeur, car il est le plus odieux de tous, ce vol qui prend au pauvre le morceau de pain de ses derniers jours. Qu'un malheureux, poussé par la faim, brise la vitrine d'un boulanger et s'empare

Histoire d'un Ouvrier

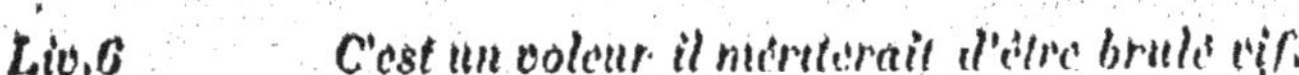

Liv. 6 *C'est un voleur il mériterait d'être brulé vif.*

d'une miche, il sera condamné aux travaux forcés pour vol avec effraction; tandis qu'un banquier qui déposera son bilan en ruinant tous les habitants d'une contrée; fera tout au plus quelques mois de prison. Cela n'est pas juste. Tout en maugréant ainsi contre la mauvaise foi de M. X... et contre les lacunes du code, Pierre arriva chez lui.

IX

FOLIE

Louise attendait son mari avec impatience.

— Tu es bien en retard aujourd'hui, lui dit-elle.

— Oui, nous avons travaillé plus longtemps qu'à l'ordinaire, et je ne suis pas venu bien vite.

— Comme tu es pâle, serais-tu blessé?

— Non, mais je ne sais ce que j'ai, je me sens indisposé.

— Je vais te faire une tasse de café, cela te réchauffera peut-être.

Pierre fut silencieux pendant tout le repas; il se coucha après avoir échangé quelques mots avec son épouse, mais il ne dormit pas cette nuit-là

Quand il revint le lendemain pour déjeuner, il trouva Louise tout en larmes. Il se douta qu'elle avait appris quelque chose.

— Pourquoi pleures-tu, lui demanda-t-il.

— Tu ne sais donc pas la nouvelle?

— Quelle nouvelle?

— Le banquier chez lequel nous avions placé toute notre fortune a fait banqueroute.

— Je le sais!

— Et cela ne te chagrine pas.

— Il est vrai que j'aurais mieux aimé conserver ce que je possédais, mais que veux-tu? nous avons eu affaire à un coquin, il ne faut pas nous désespérer pour cela.

— Ah! il ne faut pas nous désespérer! Mais sais-tu que nous n'avons plus rien, que Louis ne pourra plus continuer ses études, et que, une fois encore, la misère va reparaître chez nous.

— Oui, je sais tout cela, mais je travaillerai, et nous ne mourrons pas encore de faim tout de suite.

— Tu ne gagnes que trois francs par jour, tu deviens vieux; bientôt tu ne pourras plus travailler du tout, et alors, que deviendrons-nous? Il faudra encore manger du pain sec et boire de l'eau, il faudra de nouveau se voir refuser du pain. Ah mon Dieu! et dire que sans ce coquin, sans ce brigand, nous pouvions être si heureux! Et la pauvre femme sanglotait.

— Ne te chagrine pas ainsi, ma bonne Louise, à quoi cela te sert-il? Peut-être tout espoir n'est-il pas perdu.

— Oh! c'est bien fini, maintenant je n'ai plus d'espoir! Mon pauvre enfant va perdre sa position, il ne pourra jamais devenir qu'un simple employé, et moi, je n'ai plus qu'à mourir.

— Louis arrivera toujours, car il est intelligent et travailleur; la tâche sera plus rude pour lui, mais il atteindra le but qu'il s'est proposé.

— Non, non, jamais! tout est perdu. Et en disant ces mots la malheureuse fondit en larmes.

Pierre, ne pouvant consoler sa femme, retourna à l'atelier, la tête remplie de douloureuses pensées.

Trois jours après, Louis était de retour à la maison paternelle. Il lui en avait bien coûté de quitter le lycée; mais il avait compris le malheur qui avait frappé ses parents, et il s'était résigné.

La douleur de Louise redoubla encore quand elle revit son fils, elle se jeta à son cou et lui dit en sanglotant:

— Mon pauvre enfant, qu'allons-nous devenir?

— Ne vous chagrinez pas, ma mère, je ne suis plus un enfant et nous sommes trois maintenant à lutter contre le malheur.

Au bout de quelque temps, Louis fut employé comme troisième clerc, chez un notaire, aux appointements de cinquante francs par mois. Le soir, en rentrant chez lui, il étudiait, car il s'était proposé un but, et il voulait l'atteindre. Deux mois s'écoulèrent, la femme du fondeur devenait de plus en plus triste, elle restait des heures entières accroupie, marmottant toujours les mêmes paroles.

— Nous avons tout perdu, il ne nous reste plus rien, rien!

La malheureuse avait perdu tout courage, elle, qui auparavant était si propre, si active, ne s'occupait presque plus de son ménage; tout était en désordre dans sa maison; à peine avait-elle l'énergie de préparer les repas de son mari et de son fils.

Une nuit, Pierre et Louis dormaient profondément, quand tout à coup, ils furent réveillés par un bruit insolite. Une grande glace qui se trouvait dans la chambre venait de se briser, et, sur le pavé, nue, échevelée, Louise dansait en riant aux éclats.

Le père et le fils se regardèrent avec terreur.

Louis s'approcha de sa mère et lui dit :

— Maman, couchez-vous, je vous en prie.

— Non, je veux m'amuser, je veux danser!

Et la malheureuse recommença ses gambades et ses rires.

Pendant plus de deux heures, il fut impossible de lui faire entendre raison.

Enfin, fatiguée, épuisée, suant à grosses gouttes, elle tomba sur une chaise; Pierre profita de cet assoupissement pour la porter sur son lit, et s'assit en pleurant à son chevet.

— Pauvre femme, disait-il, elle n'a pu supporter un coup aussi terrible, elle est devenue folle! Oh! mon Dieu! que vous ai-je donc fait pour mériter tant de malheurs?

Louis pleurait, lui aussi, et ses larmes arrosaient les mains de la pauvre insensée.

Quand Louise se réveilla, elle regarda son fils et son mari avec de grands yeux égarés, puis elle éclata de rire.

— Vous savez, s'écria-t-elle, ce coquin de X... est arrêté, il est condamné, il va nous rendre nos vingt mille francs, nous serons heureux comme autrefois. Oh! quel bonheur! et elle se mit à chanter.

Six heures du matin venaient de sonner, le fondeur dit à son fils.

— Je vais me rendre à l'atelier, car il faut malgré tout que je gagne de quoi nous nourrir, tu vas rester près de ta mère, j'irai trouver ton patron et je lui expliquerai la cause de ton absence.

Louis resta. Ce qu'il éprouva d'angoisses pendant cette première journée de la folie de sa mère, est chose impossible à décrire. Il avait là, devant les yeux, un être chéri qui ne possédait plus sa raison, et qui accomplissait à chaque instant les actes les plus extravagants. Il avait beau pleurer, supplier, la malheureuse ne le reconnaissait plus, elle le repoussait rudement quand il s'opposait à ses actes, elle le frappait même parfois. Puis, après une crise, une lueur de raison apparaissait dans le cerveau de la pauvre insensée, alors elle s'approchait de son fils, caressait ses beaux cheveux blonds, et couvrait son visage de baisers ardents. Le malheureux jeune homme pleurait à chaudes larmes, la folle redevenue mère pour un instant, essayait de le consoler, l'accablait des plus douces caresses, et tout à coup, poussée par une force terrible, elle se remettait à gambader, à chanter et à rire.

Pendant plusieurs jours des scènes analogues se renouvelèrent. Le fondeur ne pouvait se figurer que la folie de sa femme durerait longtemps, aussi refusait-il les avis de tous ceux qui lui conseillaient de conduire la pauvre insensée à l'asile des aliénés d'Évreux.

Une nuit, Pierre et son fils, engourdis par la fatigue et la douleur, s'étaient profondément endormis.

Tout à coup le fondeur se réveilla et s'aperçut que sa femme n'était plus à ses côtés.

— Louis, s'écria-t-il, ta mère est-elle auprès de ton lit?

— Non, mon père.

Ah! mon Dieu! où est-elle?... Louise! Louise! cria-t-il, mais personne ne répondit. Vite on alluma une bougie, on chercha dans tous les recoins de la chambre, mais la malheureuse n'y était pas.

En un instant, Pierre fut dans la cuisine, mais un violent courant d'air souffla la bougie. Le père et le fils s'aperçurent alors qu'une fenêtre était ouverte; ils se doutèrent aussitôt que la pauvre insensée s'était enfuie par là.

Ils sautèrent la fenêtre, eux aussi, et se mirent à chercher dans toutes les rues du quartier, regardant au coin de chaque borne en espérant y trouver la malheureuse couchée et endormie. Mais leur faible espoir était bientôt déçu, Louise semblait introuvable. On était au mois de septembre, la nuit était froide, et les pauvres gens, ayant eu à peine le temps de se vêtir, grelottaient tout en marchant à pas précipités.

Pendant plus de deux heures, ils errèrent ainsi sans rien découvrir.

Ils se trouvèrent bientôt sur les bords de l'Eure, qu'ils se mirent machinalement à côtoyer. Tout à coup, Louis arrêta son père:

— Regarde là-bas, sur le pont, dit-il.

A l'endroit indiqué par le jeune homme, on distinguait une forme blanche, assise entre les poutres de bois qui composaient le garde-fou de la passerelle?

— C'est elle, murmura le fondeur, marchons bien doucement, car si elle nous entendait approcher, elle se retournerait, et de la façon dont elle est assise, le moindre mouvement pourrait la précipiter dans la rivière qui est très profonde à cet endroit. Reste ici, Louis, j'irai seul. Et Pierre s'avança avec précaution.

Il arriva bientôt auprès de sa femme, et sans qu'elle l'eût entendu s'approcher, il l'enveloppa de ses bras. La malheureuse poussa un cri de surprise, essaya de se débattre, mais le fondeur était encore vigoureux, il l'enleva comme un enfant, et la porta ainsi jusqu'à sa demeure qui se trouvait à peu de distance.

Quand Louise fut couchée, son mari lui demanda:

— Que faisais-tu, là-bas, sur la passerelle ?

— Je m'amusais.

— Ce n'est pas bien de t'en aller ainsi pendant la nuit; tu nous as donné bien de l'inquiétude. Regarde ton fils comme il pleure.

— Console-toi, mon Louis, je ne recommencerai plus, je serai sage désormais. Et en disant ces mots, la pauvre mère couvrait de baisers le visage de son enfant.

Quelques jours après la scène que nous venons de raconter, Louis, voyant sa mère bien calme, se rendit chez l'épicier afin d'acheter quelques provisions.

Quand il revint, après dix minutes d'absence environ, il trouva sa mère en train de jeter par la fenêtre toute la batterie de cuisine; les plats et les assiettes brisés en cent morceaux, jonchaient le sol de la cour. Le pauvre jeune homme voulut pénétrer dans la maison afin de mettre un terme à ce pillage; mais la folle ne voulut pas le laisser entrer, et lui jeta un vase à la tête. Louis poussa un cri, chancela et tomba comme une masse.

Des voisins, attirés par le bruit, accoururent à son secours. On le releva, il avait au front une blessure assez profonde par où le sang coulait avec abondance.

Pendant ce temps, la malheureuse insensée continuait ses ravages: elle avait ouvert son armoire et déchirait l'une après l'autre ses robes, ses chemises. Personne n'osait en approcher, car elle avait à la main un grand couteau à découper qui l'aidait dans son œuvre de destruction.

Bientôt, l'armoire fut vide, et alors la malheureuse se jeta comme une furie sur son lit, fendit les matelas et les vida en jetant de tous côtés la laine et la plume.

Cependant la foule s'était amassée devant la maison du fondeur, deux hommes résolus pénétrèrent dans la chambre, et, au péril de leur vie, parvinrent à s'emparer de Louise qu'ils garottèrent solidement.

Sur ces entrefaites, arriva Pierre, que l'on était allé chercher à l'atelier. Le pauvre homme pleurait à chaudes larmes; sur un lit se trouvait sa malheureuse épouse, garottée et hurlant de rage, sur l'autre était couché son fils sanglant et meurtri.

Tous ceux qui se trouvaient là se taisaient devant cette douleur amère, il y avait des larmes dans tous les yeux.

— Il vous est désormais impossible de garder votre femme, mon pauvre Pierre, murmura une voix.

— Je le sais, et demain, je la conduirai à l'asile. Oh! mon Dieu! il faudra donc me séparer d'elle. Pauvre Louise, toi, jadis si bonne, si dévouée, faut-il te voir ainsi!

— Ne vous désolez pas, mon cher ami, dit au fondeur M. Hilaire qui venait d'arriver, vous êtes cruellement éprouver, je le sais, mais espérez, c'est l'espoir seul qui fait vivre les hommes.

Le lendemain, dès six heures du matin, une voiture de louage stationnait devant la porte de Pierre.

Le pauvre homme s'était levé de grand matin, et il avait dit à sa femme :

— C'est aujourd'hui que M. X... doit nous rembourser nos vingt mille francs, si tu veux nous allons nous rendre à Évreux pour aller les toucher.

— Je veux bien, tu m'achèteras une belle robe, n'est-ce pas?

— Oui.

— Et la malheureuse s'était laissée habiller.

On monta dans la voiture, Louise s'assit entre son mari et son fils qui avait le front enveloppé et qui semblait beaucoup souffrir.

Pierre et Louis avaient la mort dans l'âme. On arriva vers midi devant l'asile de Navarre, et les voyageurs descendirent.

— Quelle est cette grande maison? demanda Louise.

— C'est la maison du notaire, lui répondit son mari.

— Elle est bien grande cette maison, fit la malheureuse en regardant fixement Pierre.

— Dame, tu comprends, cet homme est très riche, il fait des affaires importantes, voilà pourquoi il a une demeure aussi vaste.

On entra, le fondeur montra au portier un certificat du médecin, et une lettre du maire de Louviers dans laquelle il était dit que Louise étant pauvre, devait être soignée aux frais du département. Puis, ils continuèrent d'avancer. Bientôt ils se trouvèrent dans un long corridor sombre, une sœur qui se trouvait là, les fit entrer dans une salle bien propre, mais dépourvue de tout ornement.

Louise commençait à être très inquiète, et demandait si le notaire allait tarder à venir.

— Je vais aller voir s'il viendra bientôt, dit Louis, sur un signe de son père, et il sortit en jetant sur sa mère un regard voilé de larmes.

Au bout d'un instant, Pierre se leva à son tour en disant:

— Je vais voir ce que fait Louis, et il sortit.

Un quart d'heure se passa, Louise paraissait très inquiète, tout à coup elle se leva.

— Où sont-ils? demanda-t-elle.

— Ils vont revenir tout à l'heure.

— Je veux les voir tout de suite, et la pauvre femme se mit à crier de toutes ses forces.

— Pierre! Pierre! Louis!

Une porte s'ouvrit, plusieurs sœurs l'entourèrent et cherchèrent à l'emmener.

La malheureuse se débattit en hurlant: « Mon fils, je veux revoir mon fils! Louis, Louis où es-tu?

Mais sa voix se perdit sous la voûte sombre des galeries, sans parvenir à l'oreille du pauvre Louis qui était parti depuis longtemps.

X

DOULEUR & PAUVRETÉ

Quand ils furent sortis de l'asile, le fondeur et son fils se retournèrent plus d'une fois, espérant revoir la malheureuse qu'ils venaient de quitter aux mains des sœurs. Mais rien ne parut, et, le cœur serré par de terribles angoisses, les pauvres gens reprirent le chemin de Louviers.

Quand ils furent de retour dans leur demeure, ils s'assirent tristement, en songeant aux faits terribles qui s'étaient accomplis depuis quelques jours. Tout, dans la maison était en désordre, la chambre était encombrée de linge déchiré, le pavé de la cuisine était couvert des débris de la vaisselle brisée. On eût dit que le génie de la destruction avait passé dans le pauvre ménage. Quoi de plus terrible, en effet, que la folie? De

Histoire d'un Ouvrier

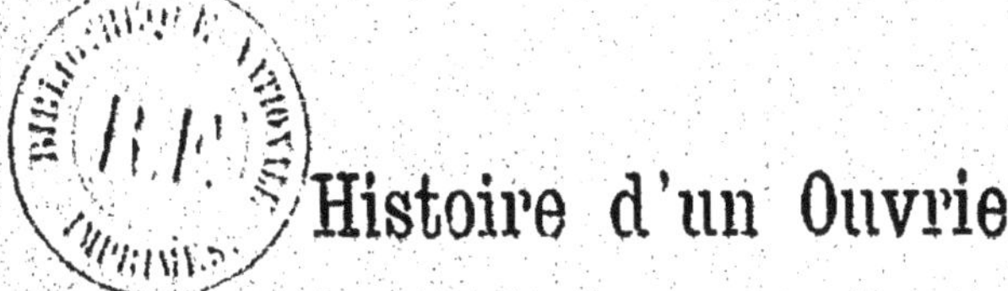

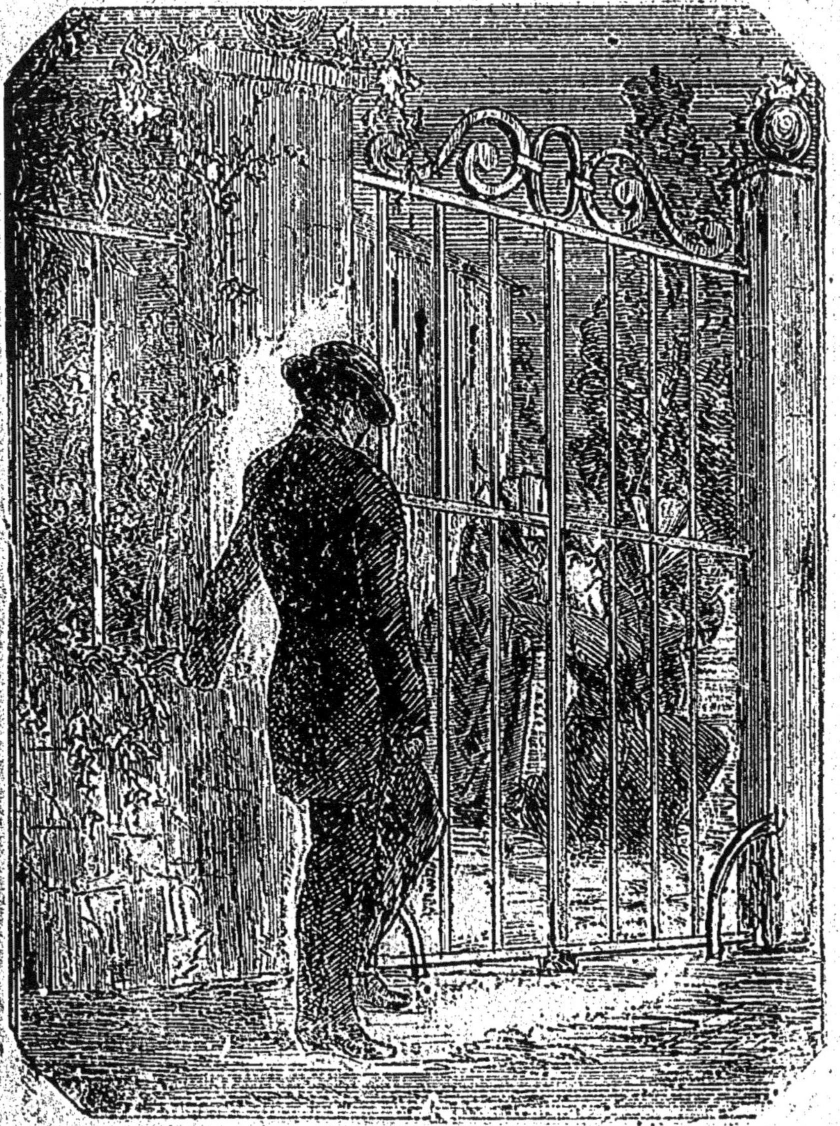

Livr. 7. — Les gardiennes arrivèrent alors, s'emparèrent de la pauvre insensée...

toutes les maladies qui affligent l'espèce humaine, c'est la plus horrible. Le malheureux qui en est attaqué ne vit plus, son existence est un délire continuel, il n'a plus conscience de rien; ceux qu'il aimait le plus lui deviennent indifférents, il croit même parfois qu'ils sont devenus ses ennemis. Son cerveau, hanté par les rêves les plus divers et les plus contradictoires, n'est jamais en repos, et le fait passer sans transition de la joie la plus folle à la douleur la plus amère, de l'attendrissement à la furie, de la bonté à la cruauté.

Cette maladie est la plus terrible qu'on puisse imaginer, car elle ravale l'homme au niveau de la brute, en lui retirant son intelligence et sa raison.

Il faut avoir vu un de ses proches attaqué de ce terrible mal, pour se faire une idée exacte des tourments que l'on éprouve en voyant un être chéri privé de sa raison. On lui parle, on lui fait mille caresses, on le supplie de répondre, et il est-là, vous regardant avec des yeux égarés, et songeant à tout autre chose qu'à ce que vous lui dites. Ce n'est plus un homme que vous avez devant vous; c'est un automate qui ne remue que sous l'effet de la douleur et de la rage.

Vous avez beau le couvrir de baisers, ses lèvres ne répondent pas aux vôtres, il ne vous connait pas, vous êtes un étranger pour lui. Les larmes de douleur dont vous arrosez son visage ne parviennent pas à l'émouvoir, et souvent, répondant au mirage de son imagination malade, il éclate de rire au moment où vous êtes en proie aux plus terribles angoisses. Alors votre cœur se fond sous le coup de la plus profonde douleur que puisse ressentir un être humain.

Aussi, Pierre et son fils, en présence de tout ce qui leur rappelait la folie de la pauvre Louise, pleurèrent-ils toutes leurs larmes.

La faim parvint cependant à les arracher à leurs tristes souvenirs, et tous deux s'attablèrent devant un modeste repas après lequel, se couchant chacun sur son lit, ils essayèrent de dormir. Mais cette nuit là, le sommeil ne vint pas fermer leurs paupières.

Le lendemain, le fondeur retourna au travail, et Louis, resté seul, essaya de remettre tout en ordre dans le pauvre ménage.

A partir de ce jour, la vie fut bien triste pour les deux malheureux. Ils se parlaient à peine, craignant de se communiquer leurs douloureuses pensées.

Louis, n'ayant plus d'emploi, s'était remis à l'étude avec courage. Quand il était plongé dans ses livres, il oubliait momentanément l'horreur de sa position; aussi, ne se contentait-il pas de travailler pendant le jour, il passait des nuits presque tout entières à traduire.

Horace et Virgile. Il faisait des progrès rapides, si rapides, que M. Hilaire lui-même en était étonné, et que le brave homme recommandait à son élève de travailler plus modérément. Cependant, Pierre ne gagnait que trois francs par jour, et, avec cette faible somme, il fallait se nourrir à deux, se faire blanchir, et mettre quelques sous de côté pour faire un voyage tous les mois à Evreux.

Chaque fois qu'il revenait de ces voyages, le fondeur était profondément triste. Bien souvent, il les faisait inutilement, car le Directeur de l'asile ne voulait pas toujours le laisser pénétrer auprès de son épouse, qui, parfois au moment de son arrivée, était en proie à une crise violente. Quand par hasard il pouvait voir la pauvre Louise, il la trouvait tout en larmes, elle se jetait à son cou en le priant de l'emmener avec lui, et quand il fallait se séparer, la malheureureuse s'accrochait désespérément à ses habits en le suppliant de la conduire près de son fils.

Un jour, au moment où Pierre venait de partir, la folle parvint à s'échapper des mains des sœurs, et courut sur la terrasse qui donne sur la route. De là, elle vit passer son mari, l'appela en pleurant, et, se mettant à genoux, le supplia encore de la prendre avec lui. Les gardiennes arrivèrent alors, s'emparèrent de la pauvre insensée, et la reconduisirent avec peine dans sa chambre.

Le malheureux ouvrier, appuyé contre un arbre de la route suivit des yeux cette scène déchirante, et la mort dans l'âme, il s'éloigna de l'asile.

Tous ces chagrins avaient fini par altérer la forte constitution de Pierre, son dos se courbait, plutôt sous le poids de la douleur que sous celui des années.

Ses camarades, qui l'aimaient et l'estimaient, compatissaient à ses malheurs, et faisaient tout ce qui était en leur pouvoir pour l'égayer un peu. Mais tous leurs efforts étaient inutiles, le fondeur restait sourd aux consolations, sa douleur ne pouvait se cicatriser.

Un jour qu'il revenait de l'atelier, toujours songeur comme à son habitude, l'épicier, M. Barnabé, qui l'attendait au passage, lui frappa tout à coup sur l'épaule et lui dit :

— Monsieur Pierre, j'ai pensé à vous, car vous êtes un honnête homme, je vous estime et je voudrais vous faire du bien.

— Vous êtes bien bon, M. Barnabé.

— Je ne suis pas meilleur que d'autres, mais je suis heureux de venir en aide à un honnête homme qui se trouve dans la gêne ; M. Pierre, j'ai besoin d'un garçon épicier, votre fils a dix-sept ans passés, il fera bien mon affaire, car on le dit instruit, je lui donnerai trente francs par mois et je le nourrirai. Voulez-vous me le donner ?

— Je vous remercie beaucoup d'avoir pensé à moi, M. Barnabé, mais je ne puis vous donner mon fils.

— Avez-vous peur qu'il soit mal placé chez moi ?

— Non, car je vous connais, et je sais que vous êtes un homme consciencieux.

— Alors pourquoi me le refusez-vous ?

— Parce que Louis ne ferait pas votre affaire.

— Vous vous trompez, votre fils s'entendra bien à mon petit commerce, ce n'est pas si difficile, d'ailleurs.

— Je vous le répète, monsieur, Louis ne peut venir chez vous, il a l'étude en tête, il ne pourrait faire rien autre chose.

— Vous savez, M. Pierre, que ce que je vous en dis, c'est dans le but de vous être utile, je ne manquerai pas de garçons épiciers, si je vous demande votre jeune homme, c'est parce que je vous connais, et que je vous veux du bien.

— Veuillez croire, M. Barnabé, que je vous suis reconnaissant de la bonté que vous avez pour moi, mais, je vous le répète, ce que vous me demandez est impossible.

Les deux hommes se séparèrent après avoir échangé une poignée de main.

— Mais que veut-il donc faire de son garçon, se disait en lui-même l'épicier, je lui offre une bonne place, il la refuse, et pourquoi ? C'est trop fort tout de même, un grand gaillard de dix-sept ans qui s'amuse à étudier comme un gamin pendant des journées entières, tandis que son père se crève à l'atelier. Et dire que Pierre, qui pourtant n'est pas une bête, souffre chez lui un semblable paresseux, c'est bien drôle. Et le bonhomme hochait la tête d'un air de pitié.

Dans l'après-midi, tout en servant ses pratiques, le père Barnabé leur parla de Louis.

Que fait-il donc, ce grand garçon, enfermé comme il l'est pendant des journées entières ? dit-il.

— Dame, monsieur, on dit qu'il étudie.

— Il a donc envie de devenir bien savant.

— Il paraît qu'il l'est déjà beaucoup.

— Je crois bien, moi, qu'il reste chez lui pour ne pas travailler.

— Vous avez peut-être raison, M. Barnabé.

— Voyez-vous, entre nous, je crois que Pierre commet une grande faute d'élever son garçon comme un petit bourgeois.

— D'autant plus que le pauvre homme ne gagne pas de fortes journées.

— Je suis sûr que ces gens-là ne mangent pas de la viande une fois par semaine; ils doivent se nourrir de pain et de fromage.

— Aussi, ont-ils pauvre mine tous les deux.

Si Pierre continue ainsi une année seulement, il se donnera la mort; tandis que s'il faisait travailler son fainéant de fils, il pourrait encore vivre aisément.

— Vous avez bien raison, M. Barnabé, Pierre pourra se repentir d'avoir élevé son fils dans l'oisiveté.

— Les quolibets allèrent bientôt leur train, beaucoup de bonnes gens ne sachant apprécier que le travail manuel, traitèrent Louis de paresseux, et le pauvre jeune homme ne put désormais sortir dans la rue sans être montré au doigt.

Quelques commères du quartier, plus hardies que les autres, allèrent même jusqu'à faire des représentations au fondeur sur la façon dont il élevait son fils.

Le brave homme les écouta, mais n'en fit qu'à sa tête.

Pendant ce temps, Louis étudiait toujours, son père était parfois obligé de se fâcher pour le forcer de se reposer un peu; car le pauvre jeune homme était très faible, le chagrin avait beaucoup influé sur son organisation, et la mauvaise nourriture, l'excès du travail, pouvaient, d'un moment à l'autre, le rendre tout à fait malade. C'est ce que craignait Pierre.

M. Hilaire venait tous les jours visiter son élève, et l'encourager en lui promettant la réussite.

Un soir du mois de juin 1876, le vieux maître, après s'être entretenu pendant plus de deux heures avec Louis, lui dit en se levant pour partir :

— Mon ami, c'est demain dimanche, ton père ne travaillera pas, je te prie de l'avertir que je vous attendrai tous les deux pour déjeuner chez moi.

— Je vous remercie beaucoup de votre bonté pour nous, M. Hilaire, j'avertirai mon père aussitôt qu'il sera rentré, et j'espère que nous pourrons nous rendre à votre invitation.

Le lendemain matin, vers onze heures, le fondeur et son fils, vêtus de leurs habits de fête, se dirigèrent vers la demeure du vieux professeur.

M. Hilaire habitait le premier étage d'une maison de la rue du Neubourg. Il fallait donc que les deux invités traversassent une grande partie de la ville. Le temps était beau ce jour-là, et les ouvriers, endimanchées se dirigeaient par bandes vers la campagne, profitant de leur journée de liberté pour aller respirer l'air pur des champs.

Pierre et Louis se sentaient presque joyeux, eux aussi, à l'aspect du beau soleil de juin, et s'ils ne riaient pas comme presque tous ceux qu'ils rencontraient, du moins leur cœur était-il moins triste qu'à l'ordinaire.

Ils entraient dans la rue du Neubourg, quand ils aperçurent M. Hilaire qui venait au-devant d'eux.

— A la bonne heure! s'écria-t-il, vous ne vous faites pas attendre, j'aime cela.

— Monsieur, lui répondit le fondeur, permettez-moi d'abord de vous remercier de votre bonne invitation.

— Au contraire, c'est moi qui vous remercie d'être venus me tenir compagnie pendant quelques heures.

Quelques instants après, les trois hommes étaient assis autour d'une table bien servie. Chacun mangea d'abord de fort bon appétit, on fit honneur à la cuisine de la vieille bonne de M. Hilaire qui avait déployé ce jour-là, tous ses talents culinaires Bientôt un vin généreux eut délié toutes les langues, et chassé pour un instant, les douleurs et les chagrins.

Quand on en fut au café, le vieux professeur s'approcha de ses deux invités avec un air de confidence et leur dit:

— Au mois d'août prochain, c'est-à-dire dans six semaines environ, auront lieu à Caen, les examens pour le baccalauréat ès-lettres, or, comme Louis a beaucoup travaillé depuis un an, je l'engage à se présenter.

— Croyez-vous, Monsieur, répondit Pierre, que mon fils soit capable de passer ces examens avec succès.

— Je serais fort étonné s'il échouait.

Mais, repartit Louis, vous n'ignorez pas, M. Hilaire, que pour me faire inscrire, il me faut de l'argent.

— Non, mon ami, je n'ignore pas cela, mais n'aie aucune inquiétude à cet égard, je paierai les frais d'inscription, et je te fournirai tout ce qui te sera nécessaire pour ton voyage, tu me remettras tout cela quand tu gagneras de l'argent à ton tour.

— Oh! monsieur, vous êtes pour moi un second père, et si j'arrive jamais au but que je me suis proposé, ce sera grâce à vous.

— Mon ami, n'exagère pas, je t'en prie, les services que je te rends. Somme toute, je ne fais pas de bien grands sacrifices, je me suis attaché à toi, parce que tu es intelligent et laborieux; je puis t'aider à te créer un avenir sans pour cela me gêner en rien, je le fais, voilà tout.

Veuillez croire, monsieur, que vous trouverez toujours en moi un élève reconnaissant et dévoué, qui fera tout ce qu'il pourra pour vous prouver son amitié.

— Assez parlé sur ce sujet, mon cher Louis, je serai déjà largement récompensé en te voyant réussir.

Pierre, les larmes aux yeux, serra la main de M. Hilaire, et l'on se sépara en se disant : A bientôt.

Au mois d'août, Louis subit avec succès son premier examen, et quelques mois plus tard, il reçut définitivement le titre de bachelier ès-lettres.

Quand le facteur apporta le diplôme, le fondeur et son fils allèrent le montrer à M. Hilaire, et tous trois se réjouirent franchement, car tous, ils avaient lutté pour obtenir ce premier succès.

Dans le quartier, on eût une toute autre opinion de Louis, quand l'on connut le résultat de ses examens.

On se le montrait encore du doigt, mais c'était pour se dire :

— Vous voyez, ce jeune homme, il s'est instruit presque seul, il a passé des nuits entières à étudier, et dernièrement, il a obtenu le diplôme de bachelier. Bien sûr, il fera son chemin.

Monsieur Barnabé lui-même, qui était brave homme au fond, disait à ses pratiques :

— Ce garçon-là est plus énergique qu'on ne pourrait d'abord le croire, et son père a eu bien raison de le laisser étudier à son aise; peut-être un jour arrivera-t-il à se créer une position ? Après tout, ce pauvre Pierre a eu assez de malheur, il a perdu sa fortune, sa femme est folle, il est bien juste que son fils lui donne un peu de contentement.

Ainsi, à force de travail, de patience et d'épreuves, les honnêtes gens parviennent presque toujours à se faire estimer de la foule, et à faire oublier les mauvais propos qu'on avait d'abord tenus sur leur compte.

XI

OU LOUIS DEVIENT MALADE A SON TOUR

Cependant, la douleur, l'excès du travail et la mauvaise nourriture avaient affaibli la santé de Louis.

Quand il eut passé ses examens, le cœur rempli de joie et d'espérance, le jeune homme voulut visiter sa mère, afin de lui apprendre lui-même son succès,

La malheureuse insensée, en revoyant son fils, s'était précipitée sur lui, et l'avait arrosé de ses larmes. Elle ne se lassait pas de le contempler, comme il lui semblait grandi, depuis bientôt un an qu'elle ne l'avait vu, et puis, il était maintenant un beau jeune homme de dix-huit ans, à la taille élevée et au front intelligent. Sa figure, sans avoir des traits bien purs et bien réguliers était cependant gentille, et elle était empreinte d'un voile de tristesse qui la rehaussait encore.

La pauvre folle, redevenue mère pour un instant, accablait son enfant chéri des caresses les plus tendres, Louis était heureux, il montra alors son diplôme à sa mère en lui disant:

— Maintenant nous pouvons espérer, car bientôt je gagnerai de l'argent à mon tour, et je pourrai aider mon père.

— De l'argent! de l'argent! nous en avions, mais nous avons tout perdu, répondit la malheureuse en recommençant à délirer.

Louis et son père furent obligés de la laisser et s'en retournèrent le cœur rempli de tristesse. Louis surtout était inconsolable, il avait espéré que la nouvelle de son succès remplirait sa mère de joie, et chasserait peut-être la douleur qui lui enlevait la raison. Mais rien de tout cela ne s'était réalisé, et le malheureux jeune homme qui, pendant un moment, avait rêvé le bonheur, se retrouva tout à coup plongé comme auparavant dans le chagrin le plus amer.

Sa santé s'altéra de plus en plus, et il vint un moment où il fut obligé de garder le lit.

Pierre, au désespoir, appela un médecin qui trouva le malade bien faible.

— La maladie de ce jeune homme n'est pas encore déclarée, dit-il, mais je crains, qu'à la lassitude qu'il éprouve en ce moment, succède une fièvre violente. Je reviendrai demain, en attendant, je vous prie de ne pas le laisser seul. Le lendemain, le docteur étant revenu déclara que Louis était, comme la pauvre Eugénie, atteint d'une fièvre cérébrale.

En apprenant cette funeste nouvelle, le fondeur faillit mourir de chagrin. Il se rappelait tous les détails de la maladie de la fille Bertrand, et il se demandait avec stupeur, si son enfant chéri aurait une fin aussi prématurée que la malheureuse Eugénie.

Pendant deux jours, le pauvre Pierre ne quitta pas le chevet de son fils, mais il fut cependant obligé de confier Louis à la garde d'une vieille

Histoire d'un Ouvrier

Monsieur Hilaire

femme du voisinage, car à l'atelier, l'ouvrage pressait, et le contre-maître avait ordonné au fondeur de venir reprendre son travail. Louis eut le délire : il appelait sa mère à grands cris, il se figurait la voir près de lui, et il lui adressait les paroles les plus tendres.

La vieille garde-malade était touchée de l'amour que ce jeune homme portait à sa mère, et souvent, elle marmottait tout bas :

— Pauvre enfant, qu'il est mignon et qu'il a bon cœur ! Que ce serait dommage qu'il meure déjà ! Si Dieu lui prête vie, il sera bien sûr la consolation de son vieux père.

Quand Pierre arrivait de l'atelier, il restait des heures entières assis près du lit de son fils, sans songer à la fatigue de la journée, il semblait s'oublier lui-même pour ne penser qu'à son enfant bien-aimé.

La garde-malade était obligée de se fâcher pour forcer le pauvre homme à prendre du repos.

— Encore un instant, mère Marguerite ! disait-il, quand la brave femme le priait d'aller se coucher.

— Mais, M. Pierre, si vous continuez ainsi, vous tomberez malade à votre tour, et alors le malheur sera encore plus grand.

— Vous avez raison, il faut que je ménage ma santé, car si je devenais malade, tout serait perdu. Et le pauvre père, après avoir déposé un baiser sur le front de son cher Louis, s'étendait sur un grabat, où bien souvent il appelait en vain le sommeil.

Cependant le malade souffrait horriblement, le délire continuait, et le médecin devenait de jour en jour plus inquiet.

Un soir, Louis se trouva encore plus mal que de coutume, la sueur ruisselait sur tout son corps, et il se tordait sur sa couche comme s'il eût été en proie aux convulsions de l'agonie.

Le docteur, qu'on était allé chercher en toute hâte, resta plus de deux heures au chevet du malade.

La crise fut terrible, enfin elle cessa peu à peu, et le médecin déclara, qu'à moins d'une rechûte qu'il ne pouvait prévoir, Louis était sauvé.

En apprenant cette nouvelle, Pierre fut sur le point de devenir fou de joie, car depuis longtemps, il avait craint de voir mourir son fils.

A partir de cet instant, Louis continua d'aller mieux, la fièvre cessa bientôt, mais le malade était excessivement faible, la convalescence qui ne faisait que commencer, menaçait d'être très longue.

M. Hilaire, qui, pendant la maladie de son élève, n'avait pas laissé passé une journée sans venir prendre des nouvelles, passait maintenant des heures entières auprès du convalescent, et comme ce dernier, à cause de sa faiblesse, ne pouvait presque pas parler, le vieux maître faisait des lectures à voix haute, afin de le distraire.

XII

UNE BIENFAITRICE

A une lieue environ de Louviers, sur la rive gauche de l'Eure, se trouve le village de Saint-Cyr-du-Vaudreuil. Ce village, ou plutôt ce bourg, est construit au milieu de prairies fertiles, où paissent, pendant presque toute l'année, des troupeaux de vaches et de moutons. De nombreux arbres, disséminés çà et là dans les prés, donnent au paysage un ravissant coup d'œil, et projettent, pendant l'été, une ombre bienfaitrice.

Dans ce pays, à l'époque où se passaient les faits que nous venons de raconter, demeurait une veuve avec sa fille.

Cette dame, âgée d'environ cinquante ans, avait perdu son mari, le capitaine Berthelot, tué pendant la guerre de 1870.

Elle avait alors loué à Saint-Cyr-du-Vaudreuil, une propriété assez gentille et assez vaste, et là, dans la solitude, elle s'était consacrée à l'éducation de sa fille unique, Marie, à peine âgée de dix ans à la mort de son père.

Mme Berthelot était très charitable, et tous les pauvres de la contrée connaissaient la porte de sa demeure.

Or, un jour, cette dame, accompagnée de sa bonne et de sa fille, se trouvait à faire sa provision d'épicerie chez M. Barnabé, quand tout à coup arriva la mère Marguerite.

— Eh bien, lui demanda l'épicier, comment va ce pauvre Louis ?

— Il va un peu mieux, la fièvre est passée, mais il est très faible, et le médecin a dit que la convalescence serait bien longue.

— Alors sa vie n'est plus en danger.

— Non, pour le moment, du moins; mais vous savez, ce jeune homme-là a beaucoup souffert, et il lui faudrait une nourriture à la fois délicate et fortifiante, que malheureusement son père ne peut lui donner.

— Çà, c'est bien vrai, Pierre ne gagne que trois francs par jour, et ce n'est pas avec cette somme qu'il peut donner à son garçon ce qu'il lui faut pour se rétablir.

— D'autant plus que le pauvre homme s'est déjà endetté pour payer le médecin et le pharmacien.

Ah! on peut dire qu'il n'a pas de chance, il est bien à plaindre. A propos, comment va sa femme.

— Elle est toujours de même, il paraît qu'elle ne fait que pleurer, sa folie semble ne pas vouloir la quitter.

— Et dire que c'est ce voleur de X*** qui a plongé cette malheureuse famille dans la douleur, vraiment, on en guillotine qui ne sont pas plus coupables que lui.

— Vous avez bien raison, M. Barnabé. Et la mère Marguerite, emportant ses commissions, sortit de la maison de l'épicier.

Quand elle fut partie, Mme Berthelot s'adressant à M. Barnabé, lui dit:

— Ils sont donc bien malheureux, les gens dont vous venez de parler.

— Ah! pour cela oui, madame, et bien dignes d'intérêt, encore! et alors, le bonhomme se mit à raconter tout ce que nous savons déjà sur le fondeur et sa famille.

Le soir même, la bonne dame se rendit chez Pierre, et demanda à voir le malade; la vieille Marguerite, tout ébahie en reconnaissant la dame qu'elle avait vue chez l'épicier, la conduisit sans mot dire près du lit de Louis.

Le jeune homme sommeillait, et n'entendit pas rentrer la visiteuse.

Mme Berthelot resta un instant debout, et, tout en contemplant la tête pâle du malade penchée sur l'oreiller, elle sentit son cœur se serrer.

— Pauvre enfant, se disait-elle, il est tout jeune encore, et pourtant il a déjà bien travaillé et bien souffert. Quelle énergie et quelle intelligence il lui a fallu pour continuer ses études presque seul, et puis, quelles douleurs il a dû ressentir en voyant sa mère en proie au démon de la folie! Aussi, comme il est pâle, comme ses traits sont fatigués! Pauvre, pauvre enfant!

Et la bonne dame s'empara d'une des mains de Louis. A ce contact, le jeune homme s'éveilla et regarda l'inconnue avec des yeux étonnés.

— Ne craignez rien, lui dit-elle, c'est une amie qui vient vous voir, et qui reviendra bien souvent encore, si toutefois cela peut vous être agréable.

— Vous êtes bien bonne, madame, de vous intéresser à moi, et quoique je ne sache qui vous êtes, je vous remercie de tout mon cœur.

— Je suis une amie, je vous le répète, et je ferai tout pour que vous soyez rétabli bientôt. Ma visite sera courte aujourd'hui, car il est tard, et je demeure à quelque distance d'ici, mais demain, je reviendrai, et je resterai plus longtemps.

— Ce sera avec impatience que j'attendrai votre venue, madame, car votre douce voix me rappelle celle de ma mère qui, hélas! est bien loin de moi, et ignore que je suis couché sur un lit de douleur. Et des larmes coulèrent sur les joues du jeune homme

— N'ayez pas de pensées aussi tristes, mon cher enfant, votre mère guérira bientôt, il faut l'espérer, en attendant, j'essaierai de la remplacer près de vous. Et la bonne dame déposa un baiser sur le front du malade.

— Que vous êtes bonne! murmura Louis tout ému.

— Mon enfant, je vous remercie de la bonne opinion que vous avez de moi, et je ferai tout ce que je pourrai pour la mériter davantage, pour le moment, permettez-moi de vous quitter, je reviendrai demain.

Mme Berthelot sortit en disant ces mots, et Louis, tout en la suivant des yeux, se demandait qui avait pu lui envoyer cette bienfaitrice inespérée.

Quand Pierre arriva de son travail, on lui raconta ce qui s'était passé, et pendant toute la soirée, le père et le fils se perdirent en conjectures sur la visiteuse inconnue.

Le lendemain, vers deux heures d'après-midi, Mme Berthelot arrivait à la maison du fondeur, accompagnée d'un domestique portant deux paniers.

Elle fit déposer ces paniers dans la cuisine. L'un était rempli de bouteilles de vin, et l'autre contenait un poulet et de la viande de boucherie. La bonne dame ordonna à la mère Marguerite de faire du bouillon avec la viande, et de mettre rôtir le poulet, puis elle pénétra dans la chambre de Louis.

— Comment vous trouvez-vous aujourd'hui, mon enfant? lui dit-elle en l'embrassant.

— Un peu mieux, madame, je vous remercie.

— J'ai apporté tout à l'heure un peu de viande avec laquelle on vous fera de bon bouillon, et j'espère que dans peu de temps, grâce au régime que je vais vous faire suivre, vous pourrez sortir de votre lit et vous promener un peu.

— Oh ! madame, comment pourrais-je jamais vous remercier de toutes les bontés que vous avez pour moi.

— Songez d'abord à vous rétablir, et quand vous serez complètement guéri, je serai amplement payée des petits services que je vous aurai rendus. Tenez, j'ai envie de m'entre[illegible]r un peu avec vous, et pour vous donner des forces, veuillez boire [illegible] de vin, je crois qu'il vous fera du bien.

— Je vous remercie, madame, dit le jeune homme en prenant le verre que sa bienfaitrice lui offrait ; puis, quand il eut vidé le contenu :

— Ce vin est excellent, dit-il, je crois que jamais je n'en ai bu d'aussi bon

— C'est ce qu'il vous faut pour vous rétablir, mon enfant, car vous êtes bien faible, et vous avez besoin d'une nourriture fortifiante pour revenir à la santé.

— J'ai tant souffert, madame, que ma constitution s'est trouvée ébranlée, au point que j'ai presque failli mourir.

— Oh ! oui, mon ami, vous devez avoir beaucoup souffert. Quel âge aviez-vous, quand votre mère est tombée folle?

— J'entrais dans ma 17me année.

— Et avant cette époque, aviez-vous toujours été heureux ?

— Oh ! non, Madame, durant la guerre de 1870, mon père fut attaqué d'une terrible maladie; pendant plus de quatre mois il resta couché, ma pauvre mère fit tout pour l'arracher à la mort; mais les petites économies qu'ils avaient faites furent bientôt dissipées, alors la misère apparut. Quand mon père fut rétabli, l'atelier ou il travaillait était fermé. Il chercha partout de l'ouvrage, mais il n'en trouva nulle part. Nous fûmes bientôt réduits à ne manger que du pain sec et à ne boire que de l'eau. Il vint même un moment où nous n'eûmes plus rien du tout. Je m'en rappelle encore, ma mère pleurait, assise près du foyer éteint; mon père, en proie au plus morne désespoir, marchait à grands pas dans la maison ; moi, je m'étais réfugié dans un coin, et je sanglotais, car j'avais faim. Oh ! madame, rien n'est plus terrible que les souffrances que l'on endure quand on a l'estomac vide, et qu'on n'a pas même une croûte de pain à manger. J'ai bien souffert pendant ma maladie, mais je ne me rappelle pas avoir éprouvé des transes aussi cruelles que celles que j'endurai ce jour-là, tout à coup, je n'y pus plus tenir, et je jetai un cri déchirant.

— Qu'as-tu ? me demanda ma mère.

— J'ai faim, répondis-je.

Alors mon père sortit en courant comme un fou, et il rencontra un cœur généreux comme vous, madame, qui lui prêta cinquante francs, et qui, par cet acte généreux, nous sauva de la mort la plus horrible.

— Oh! mon pauvre ami, vous aviez bien raison de le dire tout à l'heure, vous avez déjà beaucoup souffert! Quel coup terrible vous aurez encore dû éprouver en voyant votre mère perdre la raison.

— Oui, ce fut une grande douleur pour moi, que celle que je ressentis en voyant ma pauvre mère attaquée de la terrible maladie qui l'afflige encore aujourd'hui. Oh! madame, il faut avoir ressenti cette douleur-là pour pouvoir l'exprimer.

Mon cœur se déchirait en voyant cette mère chérie qui, quelques jours auparavant me comblait encore de caresses, devenue tout à coup un être insensible et égaré. Oh! comme je la pressais contre mon cœur, quand, pour un instant, elle avait recouvré la raison. Avec quelle joie je la couvrais de baisers, lorsque redevenue pour un moment ce qu'elle était autrefois, elle m'embrassait en m'appelant son fils chéri. Mais aussi, quelle tristesse amère s'emparait de moi, quand, sous le coup d'une crise violente, je la voyais me repousser, me frapper même, et répondre à mes appels à mes sanglots par des rires stridents qui retentissaient dans mon cœur comme les sons terribles d'un glas funèbre. Oh! alors, madame, je me tordais en proie à la douleur la plus affreuse, et j'eusse cent fois préféré la mort à ces tourments.

— Oui, je comprends que vous deviez bien souffrir; mais ce que je ne puis m'expliquer, c'est comment, au milieu de tant de maux, vous ayez pu étudier comme vous l'avez fait.

Oh! quant à cela, madame, ce n'était pas bien difficile. Dans la disposition d'esprit où je me trouvais, l'étude était pour moi un passe-temps, plutôt qu'une tâche, je me plaisais au milieu de mes livres, car ils me faisaient oublier momentanément les douleurs cuisantes qui me torturaient le cœur. Grâce à eux, j'éprouvais encore un peu de joie, c'étaient des amis muets auxquels je confiais mes espérances, des conseillers prudents qui me montraient la route de l'avenir. Car si j'avais la mort dans l'âme, je possédais encore un rayon d'espoir, je me disais que s'il m'était encore possible, après tous les tourments que j'avais endurés, de remplir un rôle dans la société, c'était par l'instruction seule que j'y arriverais, et je me mettais à l'œuvre avec courage. Je me sentais avancer petit à petit, et à chaque pas que je faisais, je me réjouissais, car le but que je m'étais proposé m'apparaissait de jour en jour plus distinct. J'étais comme un jockey qui lutte sur un champ de courses, et si je n'avais pas derrière moi les vaux de mes concurrents, j'avais la misère qui m'aiguillonnait, qui semblait vouloir m'anéantir, et je me hâtais afin d'arriver le premier et de la vaincre.

Voilà comment, madame, je puis terminer mes études presque seul: malheureusement à côté du succès m'attendait la maladie; la lutte m'avait épuisé et je tombai anéanti sur le lit où je suis encore aujourd'hui, et que, sans vous, je n'aurais peut-être pas pu quitter.

Vous serez bientôt complètement guéri, mon ami, et alors vous sortirez victorieux de votre combat avec l'adversité. Oui, vous aurez la récompense que vous méritez, après les chagrins viendront les joies, et à la misère de votre enfance, succèdera la prospérité qu'avec le travail vous parviendrez à acquérir. Et alors vous tirerez vos parents de la pauvreté, ils béniront en vous un fils dévoué et reconnaissant, vous serez heureux. Espérez, mon ami, l'avenir s'ouvre pour vous, et il vous fera oublier le passé.

-- Dieu veuille, madame, que tout ce que vous m'annoncez se réalise, et alors, comme vous le disiez tout à l'heure, j'oublierai tout ce que j'ai souffert, mais je me souviendrai de vous qui, dans un moment de douleur, êtes venue m'apporter la consolation et me faire espérer dans l'avenir, et si jamais, dans le courant de ma vie, je me trouve en présence d'un malheureux, j'essaierai de faire pour lui ce que vous voulez bien faire pour moi en ce moment.

XIII

FIN DE LA CONVALESCENCE DE LOUIS

Grâce aux bon soins de Mme Berthelot, en moins de trois semaines Louis fut en état de marcher. Ce fut une grande joie pour son père le

Histoire d'un Ouvrier

Mademoiselle Berthelot

Liv. 9.

premier jour qu'il le vit faire quelques pas dans le jardin. Le bonhomme soutenait son fils chéri, il le guidait, comme une jeune mère guide les premiers pas de son cher bébé, évitant pour lui les pierres de l'allée et les plus légers obstacles que ses pieds pouvaient rencontrer.

Pierre avait ressenti, lui aussi, les douces prévenances de la bienfaitrice de son fils; il prenait une nourriture plus fortifiante, et chaque jour, il était forcé d'arroser son dîner d'un excellent verre de vin. Le pauvre homme avait bien besoin d'un changement de régime, car les chagrins et les privations avaient fini par altérer sa robuste santé. Aussi, Mme Berthelot, comprenant que s'il continuait sa manière de vivre, il arriverait fatalement à la maladie, l'avait-elle forcé, presque malgré lui, à changer de nourriture. Ainsi, la bonne dame, poussant jusqu'au bout son œuvre de bienfaisance, sauvait le père après avoir arraché le fils à la mort.

Un jour, la charitable veuve dit à Louis :

— Mon enfant, vous voilà presque guéri maintenant, vous marchez facilement, vous faites déjà de petites promenades, et je crois que si vous alliez passer seulement quinze jours à la campagne, vous seriez complètement rétabli.

— Mais, madame, je vais chaque jour me promener dans les prairies qui avoisinent la ville.

— Ce n'est pas assez, mon ami, ce qu'il vous faut c'est l'air pur des bois, le soleil radieux de la campagne et les doux chants des oiseaux. Or, nous sommes au mois de mai, et la nature peut vous procurer tout cela en ce moment; venez-donc chez moi terminer votre convalescence, et puis, quand vous serez guéri, vous reprendrez le chemin de la ville, n'ayez aucune crainte, je n'essaierai pas de vous retenir plus longtemps.

Madame, je craindrais, en acceptant cette offre, de lasser votre générosité.

— N'ayez aucune crainte à cet égard, mon ami, je veux terminer l'œuvre que j'ai commencée, et j'espère que vous ne vous y opposerez pas davantage.

— Deux jours après, Louis arrivait à St-Cyr-du-Vaudreuil.

La voiture qui le portait s'arrêta devant la maison de Mme Berthelot. La bonne dame attendait le jeune homme, elle l'aida à marcher, car le trajet l'avait un peu fatigué, et elle l'installa dans l'une des plus belles chambres de sa maison.

Le pauvre garçon n'en pouvait croire ses yeux en contemplant son nouveau domicile ; tout y décelait l'opulence, jamais il n'avait rien vu d'aussi beau. Les meubles, les tapis, les grandes glaces entourées de dorures, tout était pour lui un sujet d'admiration, et il se demandait, comment une dame qui semblait aussi riche avait daigné s'abaisser jusqu'à lui, le fils de l'ouvrier, et comment elle avait pu, elle, habituée au luxe et à l'opulence, rester des heures entières dans l'humble logis du fondeur où l'on ne voyait que deux grabats en guenilles et quelques chaises dépaillées et boiteuses.

Alors sa bienfaitrice lui apparaissait plus grande, plus généreuse encore qu'elle ne lui avait jamais paru, et son cœur s'emplissait de reconnaissance et d'admiration.

Dans l'après-midi, Mme Berthelot étant venue visiter son protégé le trouva assis près de la fenêtre, écoutant le doux ramage des oiseaux qui gazouillaient dans le bosquet.

Eh bien! mon enfant, lui demanda-t-elle, comment vous trouvez-vous ici?

— Oh! madame, je ne pourrai jamais vous prouver dignement la reconnaissance que je ressens pour toutes les bontés que vous me témoignez, et depuis que je suis ici, je me demande comment vous, qui paraissez si riche, avez pu descendre jusqu'à moi qui suis si pauvre.

— Mais, mon ami, il n'y a rien de surprenant à cela, j'ai entendu raconter les malheurs de votre famille, j'ai appris que vous étiez couché sur un lit de douleur et que votre père ne pouvait subvenir aux dépenses de votre maladie, alors j'ai fait ce que toute autre personne eût fait à ma place, j'ai essayé de vous guérir, j'y ai réussi et je m'en trouve très heureuse. Car, croyez-moi, rien n'est plus doux que de faire le bien quand on le peut, c'est le plus grand bonheur que l'on puisse éprouver.

— Malheureusement, madame, tout le monde ne pense pas comme vous. Il n'y a que les cœurs nobles qui agissent comme vous avez agi envers moi.

— Ceux que la fortune a comblés de ses dons, et qui n'essayent pas de soulager les malheureux ignorent tout le bonheur qu'ils perdent; car, mon jeune ami, l'or par lui seul n'est rien; il est incapable de rendre heureux si l'on ne sait s'en servir. Le riche qui ne soulage pas les souffrances de la pauvreté est un vil égoïste qui ne songe qu'à lui, car tous les hommes sont frères, à quelque degré de l'échelle sociale qu'ils appartiennent, tous sont en butte aux misères et aux souffrances de l'humanité, et par conséquence tous doivent s'aider les uns les autres. Que penseriez-vous d'un marin qui, voyant un de ses camarades tomber à la mer, le laisserait se noyer sans essayer de lui porter secours? Vous diriez que cet homme est un lâche et un misérable n'est-ce pas? Eh bien, le riche qui, nageant au sein de l'opulence, refuse d'aider le malheureux qui se débat dans la misère, est aussi criminel que ce marin, car la pauvreté, elle aussi, a des gouffres et des abîmes où bien des malheureux viennent échouer.

Vous voyez donc, mon enfant, qu'en me rendant près de vous, je n'ai fait que mon devoir, si j'avais agi autrement, ma conscience me l'eût reproché.

— Si tous les riches étaient comme vous, madame, bien des malheureux qui cherchent un refuge dans le suicide, échapperaient chaque année à la mort, et la Société compterait moins de haines et de vengeances.

— Mon cher enfant, laissons pour aujourd'hui ces questions de côté, et, si vous le voulez, allons faire une petite promenade dans le bosquet.

Le jeune homme et sa bienfaitrice sortirent de la chambre, et allèrent respirer au-dehors un air pur et embaumé.

Au détour d'une allée, les deux promeneurs se trouvèrent tout à coup en présence de Mlle Marie qui, assise sur un banc, travaillait à un ouvrage de tapisserie.

La jeune fille, en apercevant sa mère et le jeune homme, rougit un peu, car elle ne s'attendait pas à leur venue, puis, le premier moment de surprise une fois passé, elle vint embrasser sa mère.

— Ma chère enfant, lui dit Mme Berthelot, je te présente M. Louis, ce jeune homme dont je t'ai si souvent parlé.

La jeune fille s'inclina en rougissant de nouveau.

Louis, de son côté, semblait fort ému, et il osait à peine regarder la belle demoiselle qui se trouvait devant lui.

Marie avait seize ans, sa taille était svelte et élancée, une abondante chevelure brune se déroulait sur ses épaules en mèches ondoyantes et soyeuses, de longs cils ombrageaient ses yeux d'un noir d'ébène, sa figure pâle et finement découpée était d'une beauté remarquable. Il en eût fallu bien moins pour émerveiller le fils de Pierre, aussi restait-il en extase devant Mlle Marie.

On se promena pendant plus de deux heures en causant de choses indifférentes, puis on rentra pour dîner.

Le soir, quand il fut seul dans sa chambre, Louis songea pendant bien longtemps à la belle demoiselle aux côtés de laquelle il s'était promené pendant toute l'après-midi, et il s'endormit en faisant de beaux rêves.

Le lendemain et les jours suivants, les jeunes gens se trouvèrent presque continuellement en présence l'un de l'autre. On faisait de longues promenades en compagnie de Mme Berthelot, on cueillait des fleurs dans les prairies, et l'on revenait à la maison en portant de gros bouquets.

Louis reprenait peu à peu des forces nouvelles, et il sentait que bientôt il allait se trouver complètement guéri, et, le croirait-on, il devenait triste en songeant que dans peu de temps, il serait forcé de retourner à

Louviers.

Un jour, Mme Berthelot lui dit :

— Mon ami, je vois avec plaisir les belles couleurs de la santé apparaître sur votre visage, dans quelques jours, vous serez guéri, et alors, je vous laisserai libre de retourner près de votre vieux père. Avant de partir je vous demanderai cependant de me rendre un service.

— Parlez, madame, je vous en prie, si vous saviez comme je serais heureux de vous être utile.

— Mon ami, j'ai été jusqu'alors la seule institutrice de ma fille, car jamais je n'ai voulu confier son éducation à des mains étrangères. Mais il y a bien des choses que j'ai oubliées depuis que j'ai quitté la pension, et vous seriez bien bon, si pendant quinze jours seulement, vous vouliez donner quelques leçons à ma chère Marie.

Madame, c'est avec un grand plaisir que je m'acquitterai de ce devoir et je suis heureux de pouvoir, au moins une fois, vous prouver ma reconnaissance.

Songez que je vous dois la vie, et que toujours je me souviendrai de vos bienfaits.

— Je ne vous demande pas, mon cher Louis, une reconnaissance éternelle, je vous ai déjà dit que ce que j'ai fait m'était ordonné par ma conscience. Rendez-moi seulement le petit service que je vous demande, et je me trouverai largement récompensée.

XIV

LE PREMIER AMOUR

Le lendemain, Louis commença à donner des leçons à la fille de sa bienfaitrice.

Il était bien novice dans sa nouvelle profession, ce n'est pas qu'il ignorât ce qu'il devait enseigner, mais il avait appris vite, il avait compris les choses sans se les expliquer bien nettement, il était un excellent élève enfin, mais il ne pouvait faire encore qu'un maître bien médiocre.

Néanmoins, dans le désir de plaire à celle qu'il considérait comme sa seconde mère, il fit de grands efforts et il parvint à mettre assez de clarté dans ses leçons pour se faire comprendre de sa gracieuse élève, qui d'ailleurs était très intelligente.

Bientôt même, il prit au sérieux son rôle d'éducateur, il prépara la veille le cours qu'il devait faire le lendemain, il mit de la chaleur, de la vie pour ainsi dire dans ses explications, et il parvint au bout de quelques jours à émerveiller Mme Berthelot elle-même, qui, assise auprès de sa fille assistait à ses leçons.

Marie écoutait avec plaisir tout ce que lui disait son jeune professeur, elle prenait goût aux matières que jusqu'alors elle n'avait étudiées qu'avec répugnance, et sa mère s'applaudissait tout bas d'avoir eu la bonne idée de lui donner son protégé pour maître.

Les quinze jours demandés par Mme Berthelot furent bientôt écoulés, Louis était complètement rétabli, mais ni lui, ni sa bienfaitrice, ne songèrent à se séparer de sitôt. Pierre vint voir son fils, il fut très heureux de le trouver en bonne santé, et s'en retourna à Louviers, sans lui demander s'il voulait le suivre.

Les leçons continuèrent donc et devinrent de plus en plus attrayantes, car le jeune maître et son élève, sans se demander encore pourquoi, éprouvaient un grand plaisir à se parler et à se poser mutuellement des questions.

Louis qui, au début, osait à peine lever les yeux sur Mlle Marie, s'était peu à peu enhardi: une certaine familiarité existait maintenant entre les deux jeunes gens, et parfois au milieu d'une explication, quand leurs regards se rencontraient, une légère rougeur colorait leurs visages, le professeur pouvait à peine achever la phrase commencée, et la jeune fille se penchait sur la table comme si elle eût voulu cacher son émotion involontaire.

Un matin, Mme Berthelot, se trouvant indisposée, ne put descendre pour assister au cours.

Pour la première fois, les deux jeunes gens se trouvèrent seuls en présence l'un de l'autre.

On devait faire de l'histoire ce jour-là, Louis, un peu ému, commença la leçon; son élève avait la tête penchée, et semblait ne pas oser le regarder; quant à lui, il tremblait presque, son cœur battait à coups précipités; il essaya d'abord de calmer son émotion, mais ce fut en vain. Bientôt sa voix s'affaiblit, il perdit le fil de ses idées, et s'apercevant tout à coup qu'il disait des paroles sans suite, il s'arrêta tout honteux.

Un profond silence régna dans la petite salle d'étude.

Au bout de quelques instants, Louis revenu un peu à lui, reprit courage.

— Pardonnez-moi, mademoiselle, dit-il, j'ignore ce qui m'a pris tout à l'heure, et vous vous en serez sans doute aperçue, il fut un moment où je ne savais plus ce que je disais.

Marie ne lui répondit pas, mais elle leva sur lui ses beaux yeux noirs tout émus.

Le pauvre professeur était de plus en plus décontenancé. Il chercha à reprendre la leçon d'histoire, mais comme il songeait à autre chose qu'à ce qu'il disait, après avoir prononcé quelques paroles sans suite, il fut obligé de se taire. Alors, perdant tout à fait la tête, et voulant à tout prix sortir de la position ridicule où il se trouvait, il chercha à se lever avec l'intention de s'enfuir. Dans sa précipitation, il s'accrocha le pied dans les barreaux de sa chaise, et il fut obligé de se retenir à la table pour ne pas tomber. Sa main alors rencontra celle de Marie, et la jeune fille, aussi émue que son maître, lui demanda d'une voix douce :

— Pourquoi vous levez-vous, M. Louis, où voulez-vous aller ?

Le pauvre jeune homme, tout interdit, ne put rien répondre, sa main restait toujours appuyée sur celle de son élève, il n'avait plus conscience de ce qu'il faisait.

Tout à coup, il sentit que Marie lui pressait doucement la main, alors tout son être tressaillit, ses yeux se voilèrent, et tombant à genoux, il murmura :

— Mademoiselle, je dois vous paraître un insensé. Pardonnez-moi.... Je vous aime ! Puis ! comme s'il eut eu honte de l'aveu qui venait de lui échapper, le fils du fondeur essaya de se relever afin de gagner la porte au plus vite.

Mais deux bras s'enlacèrent autour de son cou, et une douce voix murmura à son oreille :

— Restez Louis, moi aussi, je vous aime.

Les lèvres des deux jeunes gens se rencontrèrent et échangèrent un premier baiser.

Pendant longtemps, ils restèrent dans les bras l'un de l'autre, sans pouvoir articuler une parole, et les battements précipités de leurs jeunes cœurs troublèrent seuls le silence de la salle.

Qu'ils étaient heureux ainsi ! Tout avait disparu à leurs yeux, ils avaient oublié et leurs parents et le monde, une seule chose était présente à leur esprit; c'était leur amour naissant.

Oh! qu'il est doux et pur, ce premier attachement de deux jeunes cœurs l'un pour l'autre. Il arrive au moment où l'on possède encore toutes les illusions où l'on a foi en tout ce qui est beau, grand, noble et généreux. Pour lui, tout est idéal, il fait voir dans l'être aimé la personnification de tous les rêves de la jeunesse, il remplit l'âme d'une ivresse infinie, et montre l'avenir au travers d'un mirage enchanteur. Cet amour là est le seul véritable, parce qu'on l'éprouve à une époque où l'on ignore la vie réelle; à un âge où l'intérêt et l'ambition ne sont pas encore venus parler au cœur. Semblable à ces fleurs délicates qui s'étiolent à la fin du printemps, ne peut s'épanouir qu'au soleil de la jeunesse, il dure peu, mais il laisse dans la vie un souvenir ineffaçable.

Cependant, les deux jeunes gens comprirent bientôt qu'ils ne pouvaient rester plus longtemps dans une position aussi compromettante, et ils s'assirent de nouveau en face l'un de l'autre. On se figure facilement que la leçon d'histoire ne fut pas reprise.

Louis rompit le premier le silence.

— Que vous êtes bonne, Marie, dit-il, d'avoir bien voulu m'aimer, moi, le fils d'un pauvre ouvrier, moi, le protégé de votre mère. Oh! quand je songe à ce que vous êtes et à ce que je suis, je n'ose croire à votre amour.

— Vous pouvez cependant y ajouter foi, mon ami, car il y a bien longtemps déjà que je vous aime, j'éprouvais de la sympathie pour vous avant même de vous connaître. Ma mère m'avait tant parlé de vous! Oh! si vous saviez comme j'attendais avec impatience le moment de votre venue, il me tardait de vous voir, car je désirais m'assurer si vous répondiez bien à l'idée que je m'étais faite de vous.

Vous arrivâtes enfin! Comme mon cœur battit fort le premier jour que je vous vis venir à moi, tout pâle encore et appuyé sur le bras de ma mère. Depuis ce moment là, il ne s'est pas écoulé un instant sans que je ne songeasse à vous. Je vous revoyais dans mes rêves, il me semblait que vous étiez près de moi, et j'étais au comble du bonheur. D'autres fois, le souvenir de votre maladie apparaissait à mon esprit, je croyais vous voir couché sur un lit de douleur, votre tête, pâlie par la souffrance, se tournait vers moi en me jetant un regard suppliant; alors, je m'asseyais près de vous, je couvrais votre visage des baisers les plus doux, je vous pressais contre ma poitrine, et je parvenais enfin à calmer vos douleurs.

Le matin, en m'éveillant, je me souvenais de tous mes rêves de la nuit, et je me hâtais de me lever, espérant que le songe allait faire place à la réalité, et que bientôt j'allais vous voir venir à moi.

Histoire d'un Ouvrier

Liv. 10. — Ils passèrent ainsi deux heures délicieuses...

— Mais à peine si je vous apercevais au bout d'une allée, qu'aussitôt je baissais les yeux, comme si j'eusse craint que mon regard ne vous dévoilât le secret de mon cœur.

Quand maman eut la bonne idée de faire de vous mon professeur, je crus devenir folle de joie, car j'avais peur que vous ne me quittassiez bientôt. Aussi, avec quelle ardeur je me mis au travail! J'étais heureuse de vous montrer que je comprenais facilement tout ce que vous m'enseigniez, je provoquais vos explications, j'aimais à vous questionner, car de cette façon, je vous parlais et vous me répondiez: c'était déjà un grand bonheur pour moi. Enfin, quand, tout à l'heure, nous nous trouvâmes seuls pour la première fois, un trouble extrême s'empara de mon âme, je sentis mon cœur bondir avec force dans ma poitrine, et cependant je n'osai lever les yeux sur vous. Mon émotion redoubla quand je vous entendis parler, et à peine si je pus comprendre les paroles qui s'échappaient de votre bouche. Tout à coup, je n'entendis plus rien, je vous regardai, et alors je m'aperçus que, vous aussi, vous étiez ému. Vous m'adressâtes une question, je ne pus y répondre. Un instant après, je sentis votre main toucher la mienne et je la pressai doucement.

C'est alors, Louis, que j'éprouvai le plus grand bonheur que j'ai encore ressenti, je vous entendis, éperdu, affolé, m'avouer votre amour! Eh quoi! vous aussi, vous m'aimiez, votre bouche venait de me le dire et vous me demandiez pardon, et vous vouliez vous enfuir au moment où enfin, je vous voyais à moi, mais mon Louis, mes deux bras vous retinrent, et mes lèvres en s'unissant aux vôtres, vous apprirent que nos deux cœurs s'étaient compris.

— Je fus bien heureux aussi, ma chère Marie, en apprenant que vous m'aimiez, car l'affection que je vous porte a, depuis longtemps germé dans mon cœur; j'ai d'abord essayé d'étouffer mon amour naissant, car je ne pouvais espérer le voir partager un jour, mais tout fut inutile, vous aviez fait sur moi une trop forte impression, et votre image était sans cesse présente à mon esprit. Vous aurez dû vous apercevoir que, bien des fois, je me troublais devant vous, je n'osais vous regarder en face, car je craignais de vous dévoiler mes sentiments, et de vous paraître ridicule.

Maintenant que je suis sûr de votre affection, je suis heureux, car je pourrai vous contempler sans crainte, et vous exprimer tout l'amour que je ressens pour vous.

Les deux jeunes gens passèrent ainsi deux heures délicieuses à se communiquer les plus secrètes pensées de leur cœur.

La cloche du déjeuner vint interrompre leurs confidences, et les forcer à aller rejoindre Mme Berthelot dans la salle à manger.

A partir de ce moment, Louis et Marie furent tout entiers à leur amour, ils n'eurent pas souvent la bonne fortune de se retrouver seuls pour longtemps, mais, comme ils profitaient de la moindre liberté pour se jeter dans les bras l'un de l'autre ! Et puis, cent fois par jour, leurs regards se rencontraient pour se dire tout ce que leurs bouches ne pouvaient exprimer.

Malheureusement tout est éphémère ici-bas, et leur bonheur devait être de courte durée.

XV

LA SÉPARATION

Un soir, au moment où l'on était en train de dîner, on entendit tout à coup retentir un violent coup de sonnette à la porte d'entrée.

La bonne alla ouvrir, et quelques instants après, introduisait dans la salle à manger, un jeune homme élégamment vêtu et paraissant âgé de vingt-deux ans à peine.

— Bonjour, ma tante, dit le nouveau venu en embrassant Mme Berthelot, comment vous portez-vous ?

— Très bien, mon cher Edmond, mais comment se fait-il que tu arrives ainsi sans me prévenir ?

— Je voulais vous faire une surprise, répondit le jeune homme, en déposant un baiser sur le front de Marie.

Puis, après avoir salué Louis, il s'assit entre sa tante et sa cousine.

— Vous ne m'attendiez pas aujourd'hui, n'est-ce pas ma chère tante ? Que pensez-vous de l'idée que j'ai eue de venir vous prendre ainsi à l'improviste.

— Ton idée est charmante, mon cher Edmond, et je te remercie d'être venu. Comment vont tes parents?

— Ils sont toujours en bonne santé, ils m'ont chargé de les rappeler à votre souvenir.

— Habitent-ils toujours Paris?

— Oui.

— Et toi, que fais-tu, maintenant?

— Je suis employé chez l'un des plus forts banquiers de la capitale, et comme je viens d'obtenir un mois de congé, j'en ai profité pour accourir jusqu'ici,

— Tu as bien fait de songer à ta vieille tante, mon cher Edmond, je te remercie de ton bon cœur.

L'on continua de dîner en parlant de choses indifférentes.

Le lendemain, Mme Berthelot dit à Louis :

— Marie ne prendra pas sa leçon aujourd'hui, elle viendra visiter, avec moi et son cousin, une de nos parentes qui demeure à quelques lieues d'ici. Il est même probable que nous ne reviendrons que demain, je vous laisse maître ici, mon enfant, si vous vous ennuyez, vous pourrez prendre des livres dans la bibliothèque, en voici la clef.

Peu de temps après, Edmond, sa tante et sa cousine, montèrent dans une voiture qui les attendait à la porte, le cocher fouetta les chevaux, et bientôt les voyageurs disparurent à un détour du chemin.

Louis, resté seul, se sentit tout triste; pour la première fois, depuis qu'il l'aimait, il se trouvait séparé de Marie, et il lui semblait qu'un vide immense se faisait autour de lui.

Toute la journée il fut soucieux, il ouvrit en vain plusieurs livres pour essayer d'étudier, ses yeux seuls lisaient les mots, sa pensée suivait son amie bien-aimée.

Vers le soir, il alla se reposer sur un banc qui se trouvait au milieu du bosquet; il était là depuis plus d'une heure, ne sachant pas au juste à quoi il songeait, quand la servante vint l'appeler pour dîner.

Il la suivit sans mot dire.

La bonne femme qui était un peu loquace, chercha plusieurs fois à entamer la conversation, mais elle ne put tirer de Louis que quelques réponses à toutes les questions qu'elle lui posait,

— Comment trouvez-vous Monsieur Edmond? lui demanda-t-elle tout à coup:

— Il m'a l'air d'être un excellent jeune homme bien élevé, et très joyeux.

— Oh! oui, c'est un bien bon monsieur, il ne vient jamais ici sans me mettre dans la main une belle pièce de cinq francs.

— Ses parents sont riches, alors.

— Je le crois bien, sa mère, qui est la sœur de Madame, a hérité dernièrement de deux cent mille francs.

— Est-il fils unique?

— Oui, il est comme Mademoiselle Marie, aussi, entre nous, je crois que ces deux jeunes gens-là se marieront ensemble.

— Vous croyez! fit Louis, tout pâle.

— Pardine, c'est le plus grand désir de madame. Sans compter que M. Edmond a l'air d'adorer sa cousine.

— Alors, vous vous êtes déjà aperçue qu'il l'aimait.

— Il faudrait être aveugle pour ne pas voir cela, le pauvre jeune homme accourt ici toutes les fois qu'il a quelques jours de congé, et il ne quitte pas sa cousine d'un instant.

— Comme vous dites, il a l'air de bien l'aimer.

— Oh! oui, allez! Mais il faut dire aussi que Mlle Marie n'est pas à dédaigner, savez-vous qu'elle est fièrement gentille!

— Oui, vous avez raison.

— Et puis, c'est la fille d'un capitaine, d'un brave officier qui avait la poitrine couverte de décorations, et qui, malheureusement, a trouvé la mort sur un champ de bataille pendant la guerre de 1870.

— Vous avez connu M. Berthelot.

— Je crois bien! Il y avait déjà douze ans que j'étais à son service quand il est mort. C'était un bien brave homme! allez! et riche encore! Il n'a pas seulement laissé à sa fille un nom honoré, il lui a laissé aussi une grande fortune, Mlle Marie apportera au moins trois cent mille francs en dot à celui qui l'épousera.

— Comment, Mme Berthelot possède une fortune aussi considérable.

— Mais oui, on ne le dirait pourtant pas à la voir, mais malgré sa simplicité apparente, Madame se fait trente mille francs de revenu. Aussi, en profite-t-elle pour soulager ceux qui souffrent.

— Oui, Mme Berthelot est une personne très charitable, on pourrait l'appeler la Providence de la contrée.

— Oh! oui, allez, les pauvres du pays perdront beaucoup le jour où elle partira.

Louis ne répondit pas à la vieille femme, il semblait sous le poids d'une grande préoccupation.

— Mère Gertrude, dit-il tout à coup, je n'ai pas faim ce soir, je me sens légèrement indisposé, et je vais monter immédiatement à ma chambre.

— Voulez-vous que je vous prépare une tasse de tisane ?

— Merci, madame, je n'ai besoin de rien.

— Bonsoir, M. Louis.

Bonne nuit, mère Gertrude.

— Quand il fut arrivé dans sa chambre, le jeune homme se laissa tomber dans un fauteuil, et, la tête appuyée sur sa main, il se mit à songer. Pendant longtemps, il resta dans cette position. Ses pensées devaient être bien sombres, car de grosses gouttes de sueur perlaient sur son front, et des larmes silencieuses coulaient le long de son visage.

Soudain, il se leva, pâle, tremblant; il essuya la sueur et les larmes [illegible] son visage, un rire lugubre sortit de sa gorge et il murmura :

— Fou, triple fou que j'étais en songeant au bonheur ! Est-ce que j'ai le droit d'être heureux, moi, après tout ce que j'ai enduré, après tout ce que j'ai souffert ? Ma mère est dans un asile d'aliénés où elle est soignée aux frais de la charité publique, mon père est un pauvre ouvrier qui m'a élevé à force de labeur et de privations, et moi-même, je ne dois la vie qu'aux soins désintéressés de la mère de Marie; aujourd'hui encore, je mange un pain qui ne m'appartient pas, je ne suis qu'un mendiant !

Et j'osais aimer la fille de ma bienfaitrice, une demoiselle qui, dans quelques années, brillera dans les hautes sphères de la Société; pauvre insensé, j'avais oublié qui j'étais ! Mais je m'en souviens aujourd'hui, et demain, je partirai d'ici, car je ne veux plus être un vil parasite.

Avant de partir, je veux cependant dire un dernier adieu à Marie, et comme sans doute je ne pourrai plus lui parler en particulier, je vais lui écrire.

Il s'approcha de sa table de travail, saisit une feuille de papier et écrivit la lettre suivante :

MADEMOISELLE,

Avant de vous quitter pour toujours, je désire vous entretenir quelques instants encore, ma lettre vous ennuiera peut-être, n'importe ! ce sera la dernière que je vous écrirai, et elle vous dévoilera l'état de mon cœur.

Je vous aime, je vous l'ai déjà avoué, et l'amour que je vous porte ne s'éteindra qu'avec moi. J'ai été heureux un seul instant dans ma vie, et c'est à vous que je dois ce fugitif moment de bonheur. Oui, je fus heureux le jour où, me traînant à vos genoux, je sentis vos lèvres presser les miennes dans un suprême baiser. Cet instant là, mademoiselle, sera toujours présent à ma pensée, son doux souvenir m'aidera à lutter contre l'adversité qui, depuis ma naissance, semble attachée à mes pas.

Quand vous lirez ces mots, je serai déjà loin de vous, car tout à l'heure je vais partir, je vais quitter la maison hospitalière où j'ai retrouvé la santé et où je laisserai mon cœur.

Vous vous demanderez sans doute pourquoi je vous fuis, sachant que vous m'aimez, pourquoi je vous abandonne, quand, hier encore, vous me disiez que désormais vous ne pourriez plus vivre sans moi. Oh! Marie, ne m'accusez pas; si je m'éloigne de vous, c'est que les circonstances m'y forcent, c'est que le devoir me le commande. Vous êtes jeune, belle, riche, les honneurs, les plaisirs vous tendent les bras, la société vous ouvre ses portes, vous pouvez y entrer, vous y serez suivie par des milliers d'adorateurs. Rien ne vous sera refusé parce que vous avez eu le bonheur de naître au sein de la prospérité; vous serez adulée, choyée, fêtée, vous jouirez de toutes les délices de la vie, chacun de vos jours sera un jour de bonheur!

Tandis que moi, pauvre déshérité, je n'ai presque rien à attendre de l'avenir. Jusqu'alors, j'ai vécu au sein de la misère, j'ai été abreuvé d'humiliations et de souffrances, et si je vis encore, c'est à la charité seule que je dois mon existence. Mes années se passeront en luttes continuelles avec la nécessité, la douleur et la honte seront mon seul partage, et je grouillerai dans les bas-fonds de cette Société dont vous occuperez la surface.

Oh! ma chère amie, nous ne songions pas à l'affreux gouffre qui nous séparait quand nous échangions nos serments d'amour, nos cœurs s'étaient compris, nous n'en demandions pas davantage, et nous étions heureux.

J'ai bien souffert, allez, quand la réalité nue et terrible s'est présentée à mes yeux, et je souffre encore en écrivant ces lignes, car, ma chère Marie, l'éternel adieu que je suis obligé de te dire, me déchire les entrailles, je ne puis me figurer que je ne te verrai plus jamais, que je n'entendrai plus le doux son de ta voix résonner à mes oreilles; il m'est impossible de croire que tes beaux yeux ne regarderont plus les miens ni que tes lèvres si douces ne viendront jamais effleurer ma bouche.

Oh! tiens, en ce moment, la plume s'échappe de mes doigts, j'arrose le papier de mes larmes, et je ne sais si j'aurai le courage de continuer cette lettre.

Il faut pourtant que j'achève de t'exprimer toute ma pensée, car c'est la dernière fois que je te parle, et j'ai tant de choses à te dire! Surtout ma chère Marie, ne te fâche pas contre moi, je suis déjà assez malheureux sans encourir encore ta colère. Comprends bien les motifs qui me font agir.

Je t'ai expliqué tout à l'heure que toute liaison était impossible entre nous, car tu es riche et moi, je suis pauvre. Rester plus longtemps près de toi, serait une folie, puisqu'un jour ou l'autre nous serons fatalement séparés. Et puis, tu sais toute la reconnaissance que je dois à ta mère, c'est-elle qui m'a sauvé la vie, et il serait profondément lâche de ma part, de lui prouver mon amitié en lui volant sa fille, en la perdant aux yeux du monde. Oh! s'il n'en était pas ainsi, j'essayerais de lutter encore, et je ferais tout pour essayer de rester à tes côtés, mais ma conscience m'ordonne de partir, et je lui obéirai.

Ne crois pas pour cela, ma chère Marie, que, une fois éloigné, je t'oublierai! Non, je te le répète, ton image restera toujours gravée au fond de mon cœur, je ferai comme le mendiant qui, ne pouvant posséder de belles fleurs, se contente de regarder de bien loin celles qui s'étalent dans le jardin du riche, je te contemplerai, toi aussi, sans que tu puisses m'apercevoir, mon regard te suivra partout, et ce seul bonheur me rendra heureux.

Je ne te demande qu'une seule chose, au nom de l'amour que je t'ai voué, songe encore un peu à moi, daigne te rappeler parfois les doux moments que nous avons passés ensemble. Tu le veux bien, n'est-ce pas? Cela me rendra heureux, vois-tu, de penser que, quelquefois encore, tu te souviendras du pauvre Louis.

Adieu, ma chère Marie, je t'envoie un dernier baiser! .... Adieu! Adieu!

....

Quand il eut terminé cette lettre, le pauvre jeune homme, l'âme brisée par les tortures qu'il endurait, la pressa contre ses lèvres, puis, il la cacheta, la déposa sur un coin de la table, et se jetant sur son lit il essaya de chercher une consolation dans le sommeil. Le lendemain, il se leva de grand matin, à ses traits fatigués, on pouvait juger qu'il n'avait pas dormi.

Il fit un paquet du peu d'effets qui lui appartenaient, et descendit au jardin.

Là, il rencontra la mère Gertrude.

— Eh bien! comment avez-vous passé la nuit? lui demanda la brave femme.

— Assez bien, je vous remercie.

Histoire d'un Ouvrier

Liv. II. — Alors, en sauveteur habile, il poussa...

— Vous avez cependant l'air bien fatigué.

— Ce n'est rien, mère Gertrude, maintenant je suis complètement guéri, et aussitôt que Mme Berthelot sera rentrée, je lui demanderai la permission de partir.

— Comment! M. Louis, vous allez déjà nous quitter.

— Il y a bientôt trois mois que je suis ici, et mon père doit commencer à trouver mon absence bien longue.

— C'est vrai, ce pauvre homme, il doit bien s'ennuyer tout seul.

— Mère Gertrude, voulez-vous me rendre un service ?

— Mais avec plaisir, M. Louis.

— Avant l'arrivée de M. Edmond, j'avais fait commencer un travail à Mlle Marie, elle n'a pu l'achever, et moi, je l'ai terminé hier au soir. Comme ce travail est destiné à faire une surprise à Mme Berthelot, vous devrez le remettre à Mlle Marie quand vous la verrez seule. Surtout, conservez bien le secret, car la surprise serait manquée.

— N'ayez aucune crainte, je n'en parlerai à personne.

— J'ai confiance en vous, dit Louis en donnant à la vieille bonne la lettre qu'il avait écrite la veille.

Les voyageurs arrivèrent vers trois heures d'après-midi.

Le fils de Pierre, qui les attendait à la porte, put contempler Marie pour la dernière fois, la jeune fille était appuyée sur le bras de son cousin, mais en passant auprès de Louis, elle lui envoya un de ces regards qui font tressaillir le cœur des amoureux. Ce dernier regard de sa bien-aimée adoucit un peu la douleur du pauvre jeune homme.

Quelques instants après il alla trouver la mère Gertrude.

— Auriez-vous la bonté d'avertir Mme Berthelot que je désire l'entretenir un moment, lui dit-il.

— J'y vais, tout de suite, M. Louis.

Au bout de quelques minutes, la vieille bonne revint, accompagnée de sa maîtresse.

— Que désirez-vous, mon ami ? dit la bonne dame.

— Madame, depuis bientôt trois mois, je suis chez vous. Vous m'avez accueilli par charité, vous m'avez sauvé la vie, je vous remercie, et je vous prie de croire que ma reconnaissance sera éternelle. A présent que je suis complètement guéri, je croirais abuser de votre bonté en restant plus de temps ici, et je viens vous demander de retourner auprès de mon père.

— Mon ami, ma maison vous est toujours ouverte, et quoique vous soyez guéri, vous me feriez plaisir en restant encore. Néanmoins, je comprends l'impatience que vous avez de retourner auprès de votre père, vous êtes un bon fils, je le sais, et je vous laisse libre d'agir comme bon vous semblera.

— Je suis touché, madame, de votre bonté et de votre générosité, vous compatissez non-seulement aux malheurs des pauvres, mais vous savez encore faire le bien sans que ceux qui reçoivent vos dons s'aperçoivent qu'ils vivent d'une aumône; votre cœur est si noble qu'il ménage les susceptibilités de la misère, et qu'il traite les malheureux en amis et non pas en mendiants.

Vous êtes bien bonne, Madame, encore une fois, je vous dis: « Merci. »

— Partez-vous, tout de suite, mon ami?

— Oui, Madame.

— Mais au moins, prenez un verre de vin.

— Je vous remercie, j'ai déjeuné un peu tard, et je n'ai besoin de rien.

— Voulez-vous dire au revoir à votre élève?

— Mlle Marie est en compagnie de son cousin, cela la dérangerait.

— Adieu donc, mon ami.

— Adieu, madame, et merci, mille fois merci.

Et Louis, ayant pris son petit paquet, se dirigea vers la maison paternelle.

XVI

LE VOLONTARIAT

Pierre fut très heureux de voir son fils, car il commençait à bien s'ennuyer, tout seul, dans son humble logis.

Il y avait quelques jours à peine qu'il était de retour d'Évreux, et à ce dernier voyage, il avait trouvé l'état de son épouse bien amélioré; elle s'était entretenue avec lui pendant plus de deux heures, ils avaient causé de choses et d'autres, sans qu'elle déraisonnât le moins du monde. Aussi, le fondeur songeait-il à reprendre sa chère Louise le plus tôt possible.

Il entretint son fils de ses projets, et le jeune homme ressentit, lui, aussi, une grande joie, en apprenant la guérison presque complète de sa mère.

Le lendemain de son arrivée, Louis alla rendre une visite à M. Hilaire. Le vieux professeur reçut avec plaisir son élève de prédilection.

— Eh bien ? lui dit-il, te voilà complètement guéri.

— Oui, monsieur, grâce aux bons soins de ma bienfaitrice, j'ai recouvré la santé.

— Que vas-tu faire, maintenant ?

— Je l'ignore encore, je désirerais trouver une place quelconque où, tout en travaillant, je puisse continuer mes études.

— Ces postes-là ne sont pas bien communs, mon ami, et puis, tu vas atteindre ta dix-neuvième année, et dans un an, tu seras soldat.

— C'est vrai, je ne songeais pas à cela. Mais comment m'y prendrai-je pour étudier, tout en faisant mon service militaire ? Ce sera chose impossible; il faut que maintenant, j'abandonne tous mes rêves, ma position est perdue.

— Pas encore, mon ami, il ne faut pas se laisser aller ainsi au désespoir, les jeunes gens qui, comme toi, veulent devenir avocats ou médecins, ne sont pas arrêtés par le service militaire, ils font leur volontariat. Or, tu peux faire comme eux, et ton diplôme de bachelier te dispense de subir d'autres examens.

— Les examens ne sont rien, mais l'argent est tout; et, vous le savez, je ne possède rien.

— Que cela ne t'inquiète pas, je te fournirai tout ce qui te sera nécessaire.

— Comment, monsieur, vous feriez encore ce sacrifice ?

Mais oui, mon cher enfant, et pourquoi pas ?

— Vous m'avez déjà fait tant de bien, que je me demande comment je pourrai jamais vous rendre tout ce que vous m'avez donné.

— Je t'ai déjà dit que je me fiais à ton honnêteté, tu me rembourseras l'argent que je t'aurai prêté quand tu seras parvenu au but que tu te proposes,

— Monsieur Hilaire, que vous êtes bon !

— Mon ami, c'est moi qui, le premier, t'ai mis un tas de projets en tête, je t'ai engagé dans une voie à laquelle tu n'aurais jamais songé, si je n'avais été là pour te guider. Il serait complètement illogique de ma part, de t'abandonner à moitié chemin, ma conscience m'ordonne de mener à bonne fin l'œuvre que j'ai commencée.

Et puis, je suis un vieux célibataire, moi, je suis seul au monde, et toute l'affection dont mon cœur est encore capable se reporte sur toi, je te considère presque comme mon fils ; peux-tu m'empêcher de songer à ton avenir ?

Et en disant ces mots, le vieux maître, tout attendri, pressait avec force la main de son élève.

Louis, lui aussi, était très ému, car il savait que M. Hilaire n'était pas bien riche, et il comprenait toute l'étendue du sacrifice que le brave homme faisait pour lui.

Tout à coup, il se jeta dans les bras de son vieux maître, et lui dit en l'embrassant :

— Vous avez pour moi le cœur d'un bon père, et désormais, je vous aimerai comme un fils.

Quelques jours après la scène que nous venons de décrire, Pierre se rendit à Navarre pour réclamer son épouse. Le directeur de l'asile jugeant que Louise était à peu près complètement guérie, la laissa partir avec son mari. La pauvre femme fut bien heureuse en revoyant la maison d'où elle était partie depuis bientôt deux ans, elle embrassait tour à tour son mari et son fils, et un bonheur inexprimable remplissait son cœur.

Bientôt elle reprit ses habitudes d'autrefois elle redevint la bonne ménagère des anciens jours, prenant soin de tout et travaillant sans relâche. La petite maisonnette du fondeur devint en peu de temps tout à fait méconnaissable, car avec la mère de famille, la joie était revenue au foyer.

Louis, seul, était soucieux, il songeait à Marie qu'il aimait toujours et qu'il n'espérait plus revoir.

Au mois d'octobre, après avoir embrassé ses parents et M. Hilaire, il partit pour faire son année de service militaire.

Il fut incorporé dans un régiment de ligne, en garnison à Paris.

Jamais Louis n'avait vu la capitale, il en avait bien entendu vanter les splendeurs, mais tout ce qu'il savait sur Paris, il l'avait appris dans les livres. Aussi, dès qu'il avait un moment de liberté, en profitait-il pour aller visiter les plus beaux monuments.

Il était à chaque instant émerveillé par tous les chefs-d'œuvre de l'art qui se déroulaient sous ses yeux, et quand il écrivait à ses parents ou à M. Hilaire, il ne se lassait pas de raconter, en termes élogieux, toutes les belles choses qu'il avait admirées.

Quand vint la belle saison, Louis ne resta pas cependant continuellement enfermé dans la capitale. Le dimanche, il allait se promener à quelques lieues de Paris, suivant la foule joyeuse qui se précipitait vers la banlieue.

Un jour qu'il avait marché plus longtemps que d'ordinaire, il se sentit un peu fatigué, et comme il se trouvait sur les bords de la Seine, il s'assit à l'ombre des grands saules qui s'élevaient au bord du fleuve.

L'endroit où il se trouvait était à peu près désert et propre à la rêverie, aussi, le jeune soldat se mit-il à songer au passé.

L'image de Marie se présenta, comme toujours, à son esprit, le souvenir de son premier amour lui revint en mémoire et il resta bien longtemps sous le charme d'une douce rêverie.

Tout à coup, il aperçut sur la Seine, et venant de son côté, un de ces petits bateaux longs et effilés, appelés vulgairement périssoires.

Deux jeunes gens, en habit de bain, montaient le léger esquif.

Ils paraissaient très joyeux et chantaient de gais refrains.

Louis s'amusa à regarder la légère et svelte embarcation qui filait avec rapidité en suivant le courant.

Soudain, l'un des deux jeunes bateliers ayant voulu se lever, fit chavirer l'esquif, l'imprudent et son camarade furent précipités dans le fleuve. Ils se soutinrent d'abord à la surface de l'eau, mais, à leurs mouvements précipités, l'on pouvait deviner qu'ils savaient à peine nager. Affolés par la peur, ils se mirent à appeler désespérément au secours. L'un des deux surtout semblait sur le point de disparaître dans le fleuve, il ne pouvait plus se soutenir et clapotait d'une façon désespérée.

Louis, qui, du bord, contemplait cette scène, se fut en un instant débarrassé de ses habits et jeté à la Seine. Il nagea dans la direction du jeune homme qui paraissait le plus en péril, mais à mesure qu'il avançait, l'infortuné auquel il voulait porter secours, disparaissait de plus en plus, bientôt même, il fut complètement englouti. Quand le fils du fondeur arriva à la place où avait disparu le malheureux jeune homme, il plongea à plusieurs reprises sans rien rencontrer; il ne se désespéra pas et disparut de nouveau, il parvint enfin à saisir l'infortuné par les cheveux, et à le ramener à la surface de l'eau. Alors, en sauveteur habile, il poussa peu à peu le pauvre jeune homme vers le bord. Après dix minutes d'efforts inouïs, Louis, à bout de forces, put déposer sur l'herbe du rivage celui qu'il venait d'arracher à la mort.

Quelle ne fut pas sa surprise, en reconnaissant dans le jeune homme évanoui à ses pieds, M. Edmond, le neveu de Mme Berthelot.

Quoique d'ordinaire les jeunes gens ne se sentent pas bien disposés en faveur de leurs rivaux en amour, Louis, une fois le premier moment passé, s'empressa de ramener à la vie le cousin de Marie.

L'autre jeune homme, qui avait pu seul gagner le bord, vint se joindre à lui, en le remerciant de son dévouement.

Edmond, dont l'évanouissement avait été, en grande partie, causé par la peur, ne tarda pas à ouvrir les yeux.

Peu à peu, il reprit l'usage de ses sens, et parvint bientôt à se soulever.

— J'ai vu la mort de bien près! dit-il : est-ce toi, Laurent qui m'as sauvé ?

— Non, mon ami, j'ai eu bien de la peine à arriver seul ici, et si monsieur ne s'était pas trouvé là comme par miracle, tu aurais infailliblement péri.

Edmond se tourna vers Louis qui était en train de s'habiller.

— Monsieur, lui dit-il, je vous dois la vie, veuillez croire que vous aurez désormais en moi un ami fidèle et dévoué. Et il tendit la main au jeune soldat.

Une légère rougeur colora les joues de Louis, il parut hésiter un instant, puis il serra froidement la main qu'Émond lui tendait.

— Je n'ai fait que mon devoir en allant à votre secours, monsieur, répondit-il, j'eusse été un lâche si j'avais agi autrement, par conséquent, vous ne me devez aucune reconnaissance.

— Permettez-moi, monsieur, de ne pas être complètement de votre avis, sans vous, je serais mort à présent, et il me semble que le service que vous m'avez rendu est assez grand pour que je vous considère maintenant comme mon sauveur et mon ami.

— Il y a un an, à peu près à pareille époque, Mme Berthelot, votre tante, me sauva la vie, à moi aussi : en vous conservant aujourd'hui à son affection, je n'ai fait que m'acquitter envers elle, vous voyez donc, monsieur, que vous ne me devez rien.

— Quoi! vous connaissez ma tante.

— Oui, et j'ai eu l'honneur de vous rencontrer chez elle.

— Tiens, mais c'est vrai, je vous reconnais maintenant, c'est vous qui donniez des leçons à ma cousine.

— Moi-même, monsieur.

— Ma tante vous tenait déjà en grande estime, et son amitié pour vous ne fera que s'accroître quand elle apprendra ce que vous avez fait aujourd'hui.

— Je vous en prie, ne lui parlez jamais de ce qui vient de se passer.

— Croyez-vous que je pourrai taire l'acte héroïque que vous venez d'accomplir ?

Oh ! non, vous m'avez rendu un trop grand service pour que je puisse l'oublier, et je vous répète, vous trouverez en moi un ami fidèle et reconnaissant.

Edmond se leva après avoir dit ces mots, et les trois jeunes gens reprirent le chemin de la capitale.

Ils arrivèrent bientôt à une de ces nombreuses auberges qui se trouvent sur les bords de la Seine dans les environs de Paris, et, là, Edmond et son camarade trouvèrent des habits pour remplacer les leurs qui étaient tout imprégnés d'eau. Ils parvinrent aussi à trouver une voiture pour les reconduire chez eux.

Avant de se séparer de Louis, Edmond le força, pour ainsi dire, de lui indiquer la caserne qu'il habitait, et après l'avoir remercié une fois encore, il lui annonça qu'il irait le voir peu de jours après.

XVII

OU EDMOND DONNE A LOUIS DES NOUVELLES DE MARIE

Tout en traversant les rues de la capitale, le fils de Pierre songeait aux bizarreries de la destinée qui l'avaient fait arracher à la mort le fiancé de sa bien-aimée, c'est-à-dire celui qui, un jour, lui ravirait ce qu'il avait de plus cher au monde.

— Après tout, murmurait-il, c'est un charmant garçon que ce M. Edmond, et il ignore bien sûr tout le mal qu'il me fait. Ce n'est pas à lui que je dois en vouloir, c'est au destin qui m'a fait naître pauvre.

Le dimanche suivant, au moment où il sortait pour faire sa promenade habituelle, Louis se trouva tout à coup en présence du neveu de Mme Berthelot qui lui dit en lui serrant la main :

— Je vous attendais avec impatience, mon cher monsieur, car il me tardait de vous revoir. J'espère que vous aurez la bonté de me suivre jusque chez mon père qui désire ardemment faire votre connaissance et vous remercier de lui avoir conservé son fils.

— Je vous suis très reconnaissant de la bonté que vous me témoignez ; mais il m'est absolument impossible de me rendre aujourd'hui chez vos parents ; j'ai donné rendez-vous à quelques-uns de mes camarades, et vous comprenez qu'ils seraient très mécontents de m'attendre en vain.

— Je regrette beaucoup cette fâcheuse coïncidence, car mon père

Histoire d'un Ouvrier

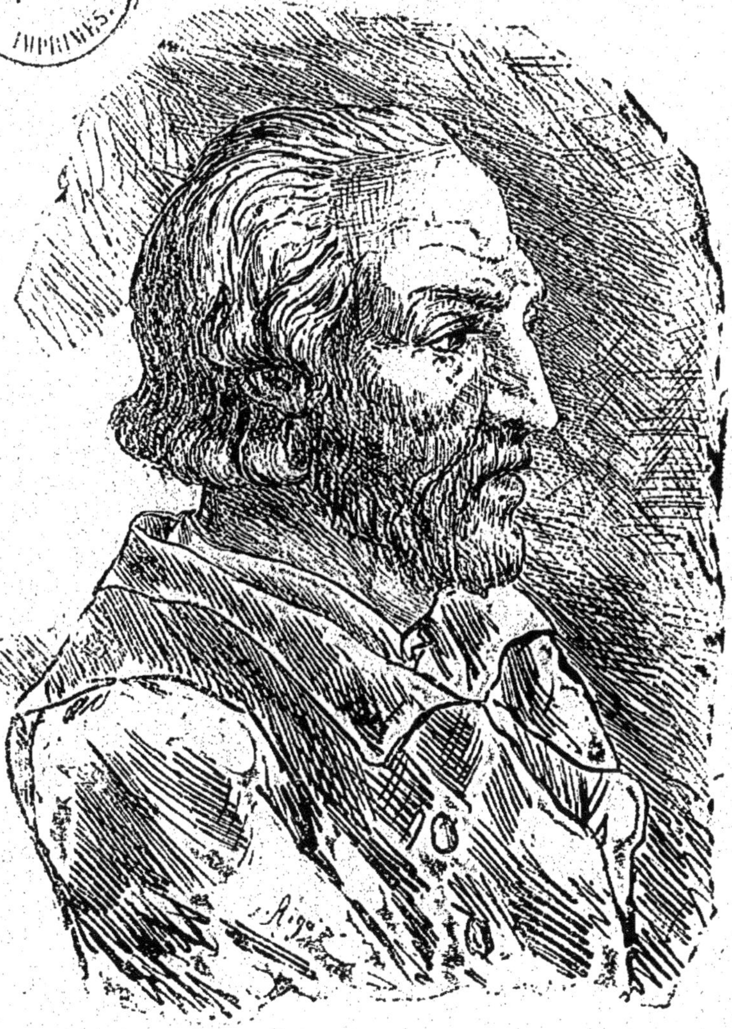

Monsieur Pierre

Liv. 10

aurait été très heureux de vous serrer la main. Ah! à propos, j'ai bien des choses à vous dire de la part de ma tante et de ma cousine. Je leur ai écrit ces jours derniers pour leur annoncer comment, grâce à vous, j'ai échappé à la mort, et elles m'ont répondu hier en me priant de les rappeler à votre souvenir.

Je suis bien touché de la bonté de madame Berthelot et de sa demoiselle, et je vous prie de leur dire que je suis très heureux qu'elles se souviennent encore de moi. Leur santé est-elle toujours bonne?

— Oui, ma tante se porte bien, quant à Marie, elle est toujours un peu souffrante, mais maintenant, Dieu merci, tout danger est passé.

— Comment! tout danger est passé! mais elle a donc été malade?

— Et très sérieusement encore, vous l'ignoriez donc!

— Oui, monsieur, je l'ignorais, car il y a déjà un moment que j'ai quitté le pays. Quelle maladie a-t-elle eue.

— Deux jours environ après votre départ si subit, elle a paru très accablée, à peine si elle voulait quitter sa chambre, elle était maussade et triste; la bonne la surprit même plusieurs fois tout en pleurs. Sa mère au désespoir chercha alors à connaître la cause de son chagrin.

— Souffres-tu? lui demanda-t-elle.

— Oh oui, maman, je souffre beaucoup.

En effet, quelques jours après elle ne put quitter le lit. Pendant plus d'un mois elle fut en proie à une fièvre violente, et enfin, à force de soins, tout danger disparut. Mais la convalescence fut longue, très longue même, et aujourd'hui encore, Marie se plaint toujours de souffrir, elle a perdu sa gaieté d'autrefois, elle est toujours triste.

— Pauvre demoiselle, elle est cependant bien bonne.

— Oh! oui, et bien douce encore. Quel malheur que depuis huit mois elle soit toujours malade.

— Elle a l'air de bien vous aimer, votre cousine, n'est ce pas, monsieur?

— Je ne sais si elle m'aime, elle ne me l'a pas encore avoué, mais quant à moi, je l'adore, et je ne serai vraiment heureux que le jour où elle sera ma femme. Je vous dis cela à vous, M. Louis, parce que depuis que vous m'avez sauvé, je vous considère comme mon meilleur ami.

J'avais déjà entendu parler d'un projet d'union entre vous et Mlle Marie.

— Bah! et par qui?

— Par la mère Gertrude, la vieille bonne de votre tante.

— Et que disait-elle à ce sujet?

— Je ne m'en souviens pas bien, elle disait, je crois, que Madame

Berthelot serait très heureuse de vous avoir pour gendre.

— Oui je sais que ma tante m'aime beaucoup, mais cela ne me suffit pas, il me faut encore l'amour de Marie.

Les deux jeunes gens se turent pendant un instant, puis, Louis dit à Edmond.

— Je regrette beaucoup de me voir forcé de vous quitter, monsieur, mais mes camarades m'attendent, et je vous prie de m'excuser si je reste aussi peu de temps avec vous.

— Au revoir donc, mon cher Louis, j'espère que dimanche prochain vous serez libre, et qu'alors vous voudrez bien venir jusque chez mon père.

Après avoir échangé une poignée de main les deux jeunes gens se séparèrent.

Louis était tout songeur, il était sûr maintenant qu'Edmond était son rival, qu'il aimait sa cousine, et que Mme Berthelot le seconderait de tout son pouvoir.

Mais, se disait-il, Marie ne l'aime pas, car sa maladie a eu mon départ pour cause, et si aujourd'hui encore elle est triste, c'est qu'elle songe à moi, donc elle m'aime toujours.

Et cette pensée, quelque peu égoïste ramena un éclair de joie et d'espérance dans le cœur du jeune homme.

Pauvre Marie, se disait-il, qu'elle aura dû souffrir en lisant ma lettre, comme son cœur aura dû se briser à la pensée que nous étions séparés pour toujours.

Elle se trouvait si heureuse à mes côtés, cent fois par jour, elle me disait: « Je t'aime, » son regard me suivait partout, et quand sa mère s'absentait pour un instant, vite elle venait se jeter dans mes bras, et m'étreindre dans un doux baiser.

Oh ! que mon brusque départ lui aura fait verser de larmes! J'ai été cruel en partant aussi vite, et puis, dans ma lettre, je semblais lui faire un crime de sa fortune, et je l'outrageais en osant lui dire qu'elle vivrait dans le bonheur tandis que moi je serais dans la misère.

Je lui disais tout cela froidement, comme si j'eusse douté de son amour. Pauvre amie, elle qui pour ainsi dire, n'avait jamais souffert, s'est sentie tout à-coup plongée dans la douleur la plus amère, elle a vu en un instant ses illusions s'envoler à jamais, et ses rêves les plus doux se briser pour toujours.

Et c'est moi qui suis cause de tout cela, c'est moi qui comme un fou, ai brisé ce jeune cœur qui m'aimait si ardemment.

C'est par ma faute que Marie est restée pendant plus d'un mois couchée sur un lit de douleur.

Oh! je suis un ingrat, je suis un infâme, je ne mérite plus de posséder un amour que j'ai voulu détruire. Oh! Marie, je suis indigne de toi, car j'ai douté de ton affection, car j'ai cru que tu pourrais être parjure et que j'ai osé te le dire. Tu me pardonnes, j'en suis sûr, tout le mal que je t'ai fait, car ton âme est aussi généreuse que tu es belle; mais moi, je ne me le pardonnerai jamais, je me souviendrai toujours que j'ai répondu à ta générosité par de l'égoïsme; car si je suis parti aussi vite, c'est que l'amour-propre me poussait, je craignais de passer pour un parasite, je tremblais d'être humilié, mon orgueil a parlé plus fort que mon amour, c'est lui qui m'a dicté cette lettre fatale, cause de tes douleurs, et qui fait qu'aujourd'hui encore, tu es triste et songeuse. Oh! ma chère Marie que tu es bonne, et que j'ai été cruel envers toi! tu m'aimes et je suis indigne de ton amour.

Tout entier à ses pensées, Louis oublia les camarades qu'il devait rejoindre et rentra de très bonne heure à la caserne.

Une lettre l'attendait. Il la décacheta vivement et voici ce qu'il lut :

Mon Cher Fils,

J'ai une bonne nouvelle à t'apprendre. M. X***, le banquier qui fut cause de tous nos malheurs, est mort il y a quelques mois. Son fils, qui est un honnête homme, a voulu réhabiliter la mémoire du défunt en payant une partie de ses dettes. Il a donc fait réunir dernièrement tous les créanciers de son père et leur a annoncé qu'il leur remettrait cinquante pour cent, des sommes qu'ils avaient perdues.

J'ai touché aujourd'hui les dix mille francs qui nous reviennent, et grâce à ce secours inattendu, nous allons définitivement sortir de la misère.

Tu vois, mon cher fils qu'il ne faut jamais désespérer de l'avenir; nous avons été bien malheureux, je crois même que peu de gens aient souffert autant que nous, et maintenant, au moment où nous ne l'attendions plus, voilà que l'aisance vient s'asseoir à notre foyer.

Inutile de te dire que ta mère partage ma joie; la pauvre femme ne sait si elle doit ajouter foi à son bonheur inattendu.

J'ai voulu rendre à M. Hilaire l'argent qu'il a payé pour toi, mais il n'a voulu rien accepter, il a même prétendu que je ne lui devais rien. C'est un bien brave homme, et j'ose espérer que tu lui voues toute la reconnaissance qu'il mérite.

Ta mère se joint à moi pour t'embrasser.

. . . .

Quand il eut achevé la lecture de cette lettre, Louis se sentit tout joyeux.

— Pauvres parents, se dit-il, ils vont donc pouvoir vivre sans craindre la misère!

Quel bonheur pour eux que le fils de M. X... soit un honnête homme, celui-là, lui aussi, mérite d'être honoré, car il a rendu le bien-être à beaucoup de gens qui avaient perdu tout espoir.

Enfin, mon bon père va pouvoir se reposer un peu; il en a bien besoin, car le labeur et la souffrance ont fini par voûter ses robustes épaules, et il a perdu la vigueur de ses jeunes années. Pauvre père, je suis heureux de te savoir à l'abri de la nécessité, car malheureusement, pendant bien des années encore, je ne pourrai t'aider du fruit de mon travail.

Béni soit l'homme qui a rendu à mes vieux parents le morceau de pain de leurs derniers jours.

XVIII

UNE APPARITION INATTENDUE

Huit jours après les faits que nous venons de raconter, Louis et Edmond, assis dans une élégante voiture, traversaient au galop les rues de la capitale.

L'équipage s'arrêta bientôt devant une magnifique maison de la rue de Rivoli. Edmond descendit le premier et dit au jeune soldat :

— Nous sommes arrivés, mon cher Louis, veuillez me suivre.

Un instant après, les deux jeunes gens étaient assis dans un salon richement meublé, et près d'eux, se tenait un vieillard au front chauve, mais à la figure douce et bonne.

— Monsieur, disait ce vieillard au fils de Pierre, c'est à vous que je dois d'embrasser encore mon enfant chéri, sans vous, je serais aujourd'hui plongé dans le deuil; aussi veuillez croire que votre nom restera toujours gravé dans ma mémoire, et que ma reconnaissance sera éternelle.

— Je vous remercie, monsieur, des bons sentiments que vous me témoignez, mais je tiens à vous dire que mon action n'est pas aussi héroïque que vous semblez le penser, je n'ai couru aucun danger en sauvant la vie de votre fils, et je n'ai fait que mon devoir.

— Je sais que vous cherchez à vous dérober à ma reconnaissance, cela me prouve une fois de plus la générosité de votre cœur, aussi je tiens à vous regarder dès aujourd'hui comme un membre de ma propre famille, et j'espère que vous ne me refuserez pas cet honneur. Permettez-moi d'abord de vous présenter à la fiancée de mon fils. Et en disant ces mots, le vieillard entraîna Louis dans une grande salle qui communiquait avec la pièce où ils se trouvaient.

Quelle ne fut pas la stupéfaction du pauvre jeune homme en apercevant assise dans un grand fauteuil, Marie, aux côtés de laquelle se tenaient Mme Berthelot et la mère d'Edmond.

Comme la jeune fille lui parut changée! Elle n'était plus que l'ombre d'elle-même, sa figure pâlie par la douleur, portait l'empreinte d'une indéfinissable expression de tristesse, et l'on voyait, au cercle de bistre qui entourait ses beaux yeux, que bien souvent elle avait dû verser des pleurs.

— Mesdames, s'écria le vieillard en entrant dans la salle, j'ai l'honneur de vous présenter le sauveur de mon fils; et vous, Mademoiselle, continua-t-il en s'adressant à Marie, veuillez serrer la main de celui qui vous a conservé votre fiancé. Un éclair de joie brilla dans les yeux de la jeune fille, au moment où elle sentit ses doigts légèrement pressés par la main tremblante de son amant, son cœur battit avec force, ses joues se colorèrent d'une subite rougeur, et elle enveloppa son bien-aimé d'un de ces regards qui disent mille fois plus de choses que les paroles les plus éloquentes.

Mme Berthelot, elle aussi, s'approcha de Louis, et le remercia vivement de l'acte héroïque qu'il avait accompli.

— Comment se fait-il, lui dit-elle ensuite, que vous soyez soldat il me semble que vous ne devez pas encore avoir vingt ans.

— Je fais mon volontariat, madame.

— Vous avez raison, car une fois que vous aurez terminé votre année de service militaire, vous pourrez continuer vos études.

— Je l'espère, madame.

— N'avez-vous pas trouvé votre ancienne élève un peu changée?

— Oh oui! répondit Louis en se tournant vers Marie, Mademoiselle est bien pâle, elle doit souffrir.

— Elle ne souffre presque plus maintenant, mais elle a été très malade et pendant un moment j'ai craint pour sa vie. Mais ne parlons plus de cela, il ne faut pas qu'un jour de fiançailles soit attristé par le souvenir des douleurs passées, n'est-ce pas, Marie.

La jeune fille ne répondit pas, mais elle regarda le fils de Pierre avec une expression d'indéfinissable tristesse.

Quelques instants après, l'on passa dans la salle à manger et le repas commença.

La conversation s'engagea bientôt, tout le monde était gai, à l'exception de la fiancée et de son amant qui paraissaient très préocupés.

A la fin du repas, l'on but à la prospérité du futur mariage, et comme le jour touchait à sa fin, Louis remercia le père d'Edmond de sa généreuse hospitalité, salua tous les convives et s'apprêta à sortir. A ce moment Marie s'approcha de lui et lui dit en tremblant :

— Monsieur, en souvenir de votre dévouement pour Edmond, auriez-vous la bonté d'accepter ce petit présent ? Et en achevant ces mots, elle lui mit dans les mains un joli petit coffret magnifiquement sculpté.

Louis d'une voix émue, remercia sa bien-aimée, et tout le monde félicita la jeune fille de sa bonne pensée.

Quand le jeune soldat fut de retour à la caserne, il s'empressa d'ouvrir le petit meuble dont Marie lui avait fait présent. Une lettre s'y trouvait renfermée, voici ce qu'elle contenait :

Mon cher Louis,

Je viens d'apprendre, il y a quelques instants, que dimanche prochain vous vous trouverez chez mon oncle, et j'ai décidé ma mère à faire avec moi le voyage de Paris, car je désire ardemment vous voir.

Comme, sans nul doute, je ne pourrai me trouver seule avec vous, je me résigne à confier à ce papier les mille choses que j'ai à vous dire. Que j'ai souffert, mon cher Louis, depuis que je suis séparée de vous !

Oh ! si vous saviez comme j'ai pleuré en lisant votre lettre, je sentais mon cœur se fendre quand vous osiez me dire que je vivrais au milieu des plaisirs, tandis que vous, vous seriez éternellement malheureux. Eh quoi ! comment vous que j'aime plus que moi-même, avez-vous pu penser un instant que je vous oublierais, que je pourrais être heureuse dans les bras d'un autre.

Croyez-vous donc que les serments que je vous ai faits n'étaient que des paroles mensongères ?

Vous figurez-vous que mon cœur vous trompait en vous disant qu'il vous adorait ?

Détrompez-vous, Louis, je vous aime plus que tout au monde, pour vous, j'oublierais même ma mère.

Que m'importe le monde dont vous semblez tant vous soucier! Que peuvent me faire tous les dons de la fortune, si vous n'êtes avec moi pour les partager? Ce qui me rend heureuse, mon cher ami, c'est votre doux sourire, c'est le son mélodieux de votre voix venant retentir jusque dans mon cœur, c'est votre présence, enfin.

Non, sans vous, je ne puis goûter le bonheur, et depuis que vous êtes éloigné de moi, j'ai enduré tant d'angoisses et de tortures que je ne suis plus que l'ombre de moi-même! Oh! vous verrez comme je suis changée, à peine si je puis marcher tant je suis faible, et les larmes, à force de couler sur mon visage, ont fini par le pâlir.

Que j'ai souffert. Pendant plus d'un mois j'ai gémi sur un lit de douleur, j'ai bien crû que je ne vous reverrais plus jamais, car il me semblait que j'allais mourir,

Oh! mon ami, il m'en aurait bien coûté de quitter pour toujours le monde sans revoir votre visage bien-aimé, et je crois que c'est le seul espoir de vous revoir une fois encore qui m'a donné la force de supporter tous mes maux. Oh! Louis, vous m'aimez encore, n'est-ce pas? vous ne devez pas avoir oublié si vite celle que vous appeliez votre chère Marie, votre cœur est trop bon pour qu'il en soit autrement! Je serais si malheureuse, si vous alliez ne plus m'aimer!

Songez-donc, c'est pour vous seul que je vis, et si votre amour venait tout à coup à me manquer, je crois que j'en mourrais. Mais non, je suis folle de songer à tout cela, vos sentiments ne sont pas changés, et vous êtes toujours mon Louis bien-aimé.

Oh! dites mon ami, vous ne resterez pas longtemps sans revenir à St-Cy, n'est-ce pas? Que je vous voie seulement trois ou quatre fois dans le courant d'une année, et ce sera assez pour m'empêcher de mourir! Je vous en prie, ne me refusez pas cette grâce, vous trouverez toujours un prétexte pour vous introduire chez nous, maman ne se doutera de rien.

Vous avez peut-être appris que l'on veut me marier avec mon cousin? Ne craignez rien, mon ami, cette union n'aura pas lieu. J'attendrai jusqu'au dernier moment, il est vrai, pour déclarer ma pensée, car je crains de faire de la peine à ma mère, mais je m'unirai jamais à un autre que vous, vous pouvez en être sûr.

Dans trois ou quatre ans, vous aurez terminé vos études, et acquis par le travail une position honorable, alors, je dévoilerai à ma mère l'amour

Histoire d'un Ouvrier

Liv: 12 13 — Oh! malheureuse, malheureuse que je suis . . .

que je vous porte, je me jetterai à ses pieds, je la supplierai, et bien sûr, elle consentira à notre mariage.

Il est vrai que le temps me semblera bien long, mais j'aurai l'espérance pour me soutenir, et puis vous viendrez me voir quelquefois, n'est-ce pas, mon bon Louis.

Mais surtout, ne cherchez plus à me montrer la fortune comme un obstacle à notre bonheur, vous m'avez déjà assez chagrinée en me disant cela, et j'espère que vous ne voudrez plus désormais me faire verser des larmes.

Quant à votre reconnaissance envers ma mère, que vous me montriez aussi comme vous forçant à me fuir, j'ose espérer qu'elle ne vous inspirera plus de scrupules, car le plus grand service que vous puissiez rendre à votre bienfaitrice, c'est, je crois, de lui conserver sa fille; or, si vous continuez de me fuire, vous me conduirez au tombeau.

Vous le voyez donc, mon cher Louis, rien ne peut désormais vous empêcher de venir jusqu'à moi, je vous en supplie, cédez à ma prière, et venez parfois m'apporter un rayon de bonheur.

Oh! que je serai heureuse, le jour où nous serons réunis pour ne plus nous quitter; alors j'oublierai toutes mes souffrances pour ne songer qu'au bonheur d'être à vos côtés et de pouvoir vous dire à chaque instant combien je vous aime. En attendant cet instant bienheureux, n'oubliez pas que mon cœur songe sans cesse à vous, et qu'il vous supplie de venir bien souvent lui apporter un peu de joie et de consolation.

Au revoir, mon Louis bien aimé, avant de vous quitter, je vous couvre de baisers et je vous dis. A bientôt.

. . . .

Quand le fils de Pierre eut achevé cette lecture, il se mit à pleurer de joie.

« Quoi, disait-il, pour moi, Marie refusera de se marier avec Edmond Oh! qu'elle est bonne et qu'elle m'aime. Pauvre amie, comme elle a dû souffrir! A partir d'aujourd'hui, je ne la fuirai plus, j'irai la voir le plus souvent possible, je lui dirai que je l'adore, moi aussi, et que je ne me trouverai heureux que le jour où nous serons réunis.

Toutes les joies m'arrivent à la fois; mon père est délivré de la misère, ma mère a recouvré la raison, et moi je viens de retrouver un cœur que je croyais avoir perdu pour toujours.

Oh! que le destin est bizarre! il y a quelques jours encore, je me croyais un déshérité; il me semblait que j'étais le plus malheureux des hommes, et aujourd'hui, je sens mon cœur se gonfler de joie, toutes mes illusions de naguère reviennent me trouver, j'ai foi en l'avenir et j'espère un jour posséder le bonheur. L'homme ne devrait jamais se laisser aller au désespoir, car c'est quelquefois au moment où il se croit le plus près de sa perte, qu'un coup de fortune inattendu vient lui rendre le bien-être.

Trois mois après, Louis ayant terminé son service militaire retourna à Louviers et s'entretint avec M. Hilaire des moyens qu'il devrait désormais employer pour terminer définitivement ses études.

XIX

Où Marie refuse de se marier avec Edmond

Pendant ce temps, Madame Berthelot et sa fille étaient revenues à Saint-Cyr-du-Vaudreuil, et la bonne dame avait commencé à faire des préparatifs pour un mariage qu'elle croyait prochain.

Marie ne semblait pas partager l'empressement de sa mère, au contraire, elle était plus maussade que jamais, elle se plaignait toujours et pleurait continuellement.

— Ma chère mère, disait-elle souvent, pourquoi veux-tu que je me marie, je suis si heureuse près de toi que je ne pourrai jamais t'abandonner pour en suivre un autre.

— Tu ne m'abandonneras pas pour cela, mon enfant, je te suivrai à Paris, j'irai te voir tous les jours, et puis, Edmond t'aime tellement que je suis persuadée qu'il ne te rendras jamais malheureuse.

— Je suis si jeune encore, à peine si je suis sortie de l'enfance; pourquoi tant te presser, chère mère?

— La mort peut, d'un instant à l'autre, m'enlever à ton affection, ma chère enfant, et je ne veux pas que tu restes seule sur cette terre, je désire avant de m'en aller pour toujours, te voir unie à un homme honnête, qui prendra soin de ton existence et qui luttera avec toi contre les mille tourments de la vie. Voilà pourquoi il me tarde de te marier avec Edmond qui, j'en suis certaine, fera tout pour te donner le bonheur.

Marie s'aperçut bientôt qu'elle ne pourrait jamais avouer à sa mère la résolution qu'elle avait prise, et cette découverte lui fit verser bien des larmes.

Cependant le temps pressait, tout était déjà prêt pour la cérémonie et l'on devait prochainement signer le contrat.

Edmond arriva un matin chez sa tante et lui annonça que le notaire était averti.

La bonne dame, au comble de la joie, embrassa son neveu et lui dit d'aller rejoindre sa fiancée qui était au jardin.

Le jeune homme fut bientôt aux côtés de celle qu'il aimait et tout joyeux, il lui dit en l'embrassant.

— Enfin, chère Marie, dans peu de temps vous serez à moi, et nous pourrons alors être complètement heureux.

La pauvre demoiselle ne lui répondit pas, mais ses yeux s'emplirent de larmes.

— Qu'avez-vous à pleurer, mon amie? c'est l'émotion sans doute qui vous fait verser ces larmes.

Marie resta de nouveau silencieuse.

— Mais, enfin, s'écria le pauvre Edmond, qu'avez-vous? dites-le-moi, je vous en prie, ne me faites pas languir ainsi!

La jeune fille leva sur son cousin ses beaux yeux tout humides, et murmura d'une voix tremblante:

— Edmond, m'aimez-vous bien?

— Oh! si je vous aime! je ne suis pas un instant sans songer à vous, et il me semble que si je venais à vous perdre, tout serait à jamais fini pour moi.

— Eh bien, mon ami, plaignez-moi, pardonnez-moi.

— Que puis-je avoir à vous pardonner, à vous si douce et si bonne, à vous qui, la première, avez fait battre mon cœur.

— Edmond! Edmond! pourrai-je jamais vous le dire? . . . . . Je ne puis devenir votre épouse.

— Et pourquoi? fit le pauvre jeune homme stupéfait.

— Écoutez, mon ami, j'ai pour vous l'amitié qu'une sœur peut avoir pour son frère, mais je ne puis vous donner autre chose. Mon cœur ne m'appartient plus, depuis longtemps il bat pour un autre.

— Oh! Marie, est-ce bien vrai, ce que vous dites-là? Songez donc, mais vous brisez tous mes rêves, vous m'arrachez la vie.

— Pardonnez-moi tout le mal que je vous fais. Dieu m'est témoin que j'aurais voulu vous aimer, mais vous êtes venu trop tard, je ne m'appartenais déjà plus quand la première fois, vous m'avez parlé d'amour. Vous auriez dû cependant vous apercevoir combien je souffrais quand vous me pressiez de répondre à vos marques d'affection. Oh! oui, j'ai enduré des douleurs atroces en songeant qu'un jour, je serais obligée d'arracher de votre cœur toutes les illusions qui y avaient germé et en ce moment, je souffre peut-être autant que vous Aussi, Edmond, je vous en prie, ayez pitié de moi.

— Oh! Marie, Marie, ce que vous dites n'est pas possible, vous faites cela pour m'éprouver, n'est-ce pas?

— Mon ami, je viens de vous avouer la vérité, et je crois que vous comprenez maintenant que toute alliance est impossible entre nous.

— Comment! il est bien vrai que vous ne m'aimez pas, que vous refusez de devenir mon épouse! Oh! Marie, que vous êtes cruelle, vous me faites mourir.

— Encore une fois, mon cher Edmond, pardonnez-moi tout le mal que je vous fais, mais je vous le répète, je ne puis vous aimer.

— Du moins, dites-moi le nom de ce rival maudit, afin que je puisse lui jeter à la face toute la haine que je ressens pour lui, afin que je le provoque, que je le tue ou qu'il m'arrache une vie qui désormais me devient à charge.

— Oh! Edmond, seriez-vous assez méchant pour vouloir assassiner mon Louis, lui qui est si bon, lui qui vous a sauvé la vie.

— Quoi! celui que vous aimez serait?

— Louis! Oui, c'est lui!

— Pourquoi donc ne m'a-t-il pas laissé périr? La mort m'eût été plus douce que les tourments qu'il me fait endurer aujourd'hui.

— Je vous en prie, Edmond, calmez-vous, je serai toujours pour vous une amie douce et prévenante, après mon cher Louis, vous tiendrez la première place dans mon cœur! Et puis, vous êtes jeune, vous êtes riche, et un jour viendra peut-être où vous parviendrez à éteindre votre premier amour.

— Oh! malheureux, malheureux que je suis, murmurait le pauvre jeune homme, je suis arrivé ici le cœur rempli de joie et d'espérance et en un instant, tout cela s'est évanoui, Marie, Marie, que vous me faites donc souffrir.

— Je comprends votre douleur, elle m'afflige, mais, eussiez-vous préféré que je m'unisse à vous sans vous aimer et que plustard je devinsse une épouse perfide et adultère? Cela eût été horrible de ma part, n'est-ce pas, mon ami? Le mariage n'est pas un acte banal, c'est un lien solennel qui rive l'une à l'autre deux existences, et qui ne peut être brisé que par la mort. Or, deux cœurs ne peuvent contracter une semblable union que quand ils s'aiment sincèrement l'un l'autre; s'il en est autrement ils seront toujours malheureux! Vous voyez donc, cher ami, que j'accomplis un devoir en refusant de me marier avec vous.

— Après tout, ma chère cousine, je ne peux pas vous forcer à m'aimer, vous êtes libre de votre cœur, et j'ai agi en étourdi en m'adressant à votre mère, au lieu de vous consulter vous-même.

— Je vois avec plaisir que vous me comprenez enfin, et j'espère, mon cher Édouard, que vous ne me garderez pas rancune.

— La douleur que j'éprouve est bien grande, mais je n'essaierai plus désormais de troubler votre amour, Marie, je ne vous inportune pas davantage, je pars, adieu!

— Mon ami, avant de me quitter, voulez-vous me rendre un service?

— Parlez, je ferai tout pour vous être agréable.

— Vous apprendrez à ma mère que je refuse de vous épouser, mais je vous en prie, ne lui dites pas que j'aime Louis, ce serait trop lui en apprendre à la fois.

— Soit, ma chère cousine, je suivrais de point en point vos recommandations. Je vous souhaite de trouver auprès de Louis le bonheur que j'aurais voulu vous voir goûter dans mes bras, soyez heureuse, adieu!

Et le pauvre jeune homme s'éloigna précipitamment.

Il trouva Mme Berthelot occupée à surveiller les préparatifs d'un excellent déjeuner.

— Ma chère tante, lui dit-il, inutile de servir un couvert pour moi, je pars immédiatement.

— Déjà! et pourquoi? il n'y a qu'un instant que tu es arrivé.

— Il faut que je prenne le train de midi et je n'ai pas de temps à perdre.

— Mais du moins, explique-moi la cause de ce départ précipité.

Le notaire devait se rendre ce soir chez mon père pour s'entretenir avec lui au sujet du contrat, il faut que j'aille le prévenir de ne pas se déranger.

— Mais tu parles par énigmes, mon cher garçon, pourquoi le notaire ne se rendrait-il pas chez ton père!

— Parce que mon mariage avec Marie n'aura pas lieu.

— Et qui t'a dit cela!

— Ma cousine elle-même.

— Ce n'est pas possible, elle est folle; bien sûr.

— Pas du tout, ma chère tante, elle ne m'aime pas, voilà tout.

— Elle ne t'aime pas?

— Non elle vient de me le dire.

— C'est une espièglerie, mon cher, ne crois pas à cela.

— J'y ajoute tellement foi, que je pars à l'instant. Au revoir ma tante.

Et le jeune homme après avoir embrassé Mme Berthelot presque malgré elle, sortit en courant.

— Edmond! Edmond! cria la bonne dame tout ahurie; mais déjà son neveu ne l'entendait plus, il avait disparu à un détour du chemin.

La pauvre femme, au désespoir, se rendit au jardin où Marie était toujours assise.

— Est-ce bien vrai, s'écria-t-elle en apercevant sa fille, ce que vient de me dire Edmond?

— Que t'a-t-il dit ma chère mère?

— Il m'a dit que tu ne l'aimais pas!

— C'est vrai, ma mère.

— Mais tu es folle, ma chère fille, songe donc que le malheureux garçon est déjà parti, et qu'il est au désespoir.

— J'en suis bien peinée, chère mère, mais je devais lui dire la vérité.

— Ainsi, c'est bien entendu, tu ne veux pas l'épouser?

— Non, ma mère.

— Que t'a-t-il dit, que t'a-t-il fait qui puisse te déplaire?

— Rien!

— Alors pourquoi refuses-tu de te marier avec lui?

— Ma mère je ne puis épouser un homme que je n'aime pas.

— Pourquoi ne l'as-tu pas dit plus tôt? Tout est déjà préparé. Ah! mon Dieu! mon Dieu!

— M'aviez-vous consultée, ma mère? Non, n'est-ce pas? Vous m'aviez seulement dit: « Edmond est un bon garçon, je l'aime, il fera ton bonheur! » Quand je vous disais que j'étais trop jeune pour me marier, vous trouviez toujours un prétexte pour me prouver le contraire. Enfin, vous avez tout fait presque seule, vous m'avez fiancée sans me demander mon avis; mais, ma mère, vous ne pouviez pas me donner pour toujours à un homme sans que cet homme me demandât auparavant si je l'aimais: Edmond vient de me poser cette question, et je lui ai répondu ce que pensait mon cœur.

— Mais, ma pauvre enfant, tu es si jeune que c'est à moi seule de songer à ton bonheur, voilà pourquoi je voulais te marier avec Edmond, car je le savais bon et généreux, et je ne doutais pas qu'il te rendît heureuse.

— Ma chère mère, jusqu'alors, je me suis toujours soumise à toutes tes volontés, mais aujourd'hui mon avenir se trouve en jeu, et je crois qu'il m'est permis de le défendre. Je n'aime pas mon cousin, je ne puis l'épouser, je préférerais mourir.

— Qu'il soit donc fait comme tu le désires, ma chère Marie, ma volonté s'incline devant la tienne, et quoiqu'il m'en coûte beaucoup, je ne puis te marier malgré toi. L'avenir t'apprendra si tu as eu raison d'agir ainsi. Et la pauvre dame s'éloigna en essuyant les larmes qui coulaient sur son visage.

A partir de ce moment, il ne fut plus question d'Edmond, et Marie, en redoublant d'affection et de prévenances pour sa mère parvint peu à peu à lui faire oublier la peine qu'elle lui avait causée.

XX

LOUIS devient professeur

Après avoir bien réfléchi, Monsieur Hilaire et son élève arrêtèrent enfin un plan qui devait permettre à Louis de suivre les cours de l'Ecole de Droit, tout en gagnant assez d'argent pour subvenir à ses besoins.

Voici quel était ce plan: M. Hilaire avait à Paris un ancien compagnon d'études, nommé Nicolas, qui était devenu chef d'institution; il lui écrivit pour lui demander s'il n'avait pas besoin d'un jeune professeur, et, ayant reçu une réponse affirmative, il se rendit à Paris. Là, il expliqua à son ancien camarade quelle était la position de son élève, et il fut convenu que Louis, tout en suivant les cours de l'Ecole de droit, serait employé chez M. Nicolas, et gagnerait vingt-cinq francs par mois, la nourriture et le logement en plus.

Le fils de Pierre fut tout joyeux en apprenant qu'il allait pouvoir continuer ses études sans rester à la charge de son père, et il fit vivement ses préparatifs de départ.

Comme il l'avait promis à Marie, il se rendit à Saint-Cyr-du-Vaudreuil, Mme Berthelot le reçut bien, car elle ignorait que c'était lui qui avait causé la rupture du mariage de sa fille.

Le jeune homme put se trouver seul pendant un instant avec sa bien-aimée; elle lui apprit en peu de mots ce qu'elle avait dit à Edmond.

Puis les deux amoureux échangèrent de nouveaux serments, et Louis sortit de la maison de sa bienfaitrice, le cœur rempli de joie et d'espérance.

Deux jours après, il arrivait à l'institution de M. Nicolas.

Il fut un peu désenchanté quand il se trouva en face du chef de

Histoire d'un Cuvrier

Liv. 14, — Je vous présente Monsieur Louis, votre nouveau professeur ..

l'Etablissement: c'était un grand gaillard aux gestes maniérés, qui, pour parler, se redressait sur ses longues jambes, en prenant une de ces poses qui annoncent leur pédant d'une lieue. Il était d'une maigreur telle que, si on l'eut renco t-é en rase campagne, monté sur un vieux bidet, on eût cru se trouver en face du fameux Don Quichotte de la Manche, de si illustre mémoire. Louis n'put s'empêcher de se dire que, si la cuisine de l'Institution ressemblait au Directeur, elle devrait être un excellent préservatif contre l'obésité.

Cependant, M. Nicolas, après avoir pris la pose la plus majestueuse qu'il eût pu trouver, et s'être passé trois ou quatre fois la main sous le menton, parvint à articuler ces mots.

— C'est bien vous jeune homme, que mon *Collègue* et ami, M. Hilaire, est venu dernièrement me recommander?

— Oui, monsieur.

— Vous désirez devenir avocat, je crois.

— Oui, Monsieur.

— Vous pourrez vous rendre à l'Ecole de Droit qui se trouve à peu de distance d'ici, et j'espère qu'une fois libre, vous viendrez immédiatement à mon Institution.

— Je perdrai le moins de temps possible monsieur.

— Vous ferez bien, jeune homme, car je tiens à l'exactitude. Quand vous serez de retour ici, vous ferez un cours de latin à ma division supérieure, puis, avec un autre maitre qui déjà est attaché à l'Etablissement, vous vous occuperez du service de surveillance. J'espère que vous vous acquitterez de vos fonctions avec zèle et devouement.

— Je puis vous l'assurer, monsieur.

— Maintenant, si vous voulez me suivre, je vais vous faire visiter mes classes. Louis s'inclina et suivit son Directeur.

On traversa un espace long d'une dizaine de mètres environ, espèce de couloir aéré, que M. Nicolas appelait pompeusement la cour de récréation, et l'on entra dans un appartement où trente-cinq élèves à peu près semblaient étudier.

Nous disons; semblaient étudier, car à l'approche du Directeur, toutes les jeunes têtes s'étaient précipitamment penchées vers les livres, ce qui avait tout l'air d'indiquer qu'un instant auparavant, tous les yeux regardaient autre chose.

Sur une tribune, au fond de la classe, se trouvait un jeune homme qui s'était levé à l'entrée des visiteurs.

M. Nicolas, en quelques enjambées, dignes du Petit Poucet, eut arpenté toute la salle d'étude.

— Messieurs, dit-il d'une voix sonore en s'adressant à ses élèves, je vous présente M. Louis, bachelier-ès-lettres, votre nouveau professeur.

Un ourdonnement sourd et prolongé, accompagné de petits rires, accueillit ces paroles.

— Un peu de silence, Messieurs, cria le Directeur, puis se tournant vers le jeune homme qui se tenait debout sur le bureau.

— Monsieur Alphonse, dit-il, voilà votre collègue.

— Les deux jeunes gens se saluèrent.

— Maintenant, continua M. Nicolas en s'adressant à Louis, suivez-moi je vais vous conduire au dortoir où vous déposerez vos malles.

Le jeune homme, après s'être laissé guider, arrangea ses effets dans une petite armoire que l'on avait mise à sa disposition, puis il descendit dans la cour où l'on entendait les cris des élèves qui venaient de sortir de l'étude.

Louis, doué d'un naturel franc et expansif, eut bientôt fait connaissance avec le jeune maître qui devait désormais devenir son compagnon et au bout de quelques instants, les deux jeunes gens se promenèrent à côté l'un de l'autre comme de vieux amis.

A l'arrivée de Louis dans la cour, les cris avaient subitement cessé, et les élèves réunis par groupes, s'étaient mis à observer leur nouveau professeur.

— Dis donc, Polyte, avait murmuré l'un d'eux à l'oreille de son camarade, il n'a pas l'air bien méchant ce *Pion* là.

— Il ressemble à un grand gobe-mouches. N'aie pas peur, nous lui en ferons voir de belles!

— Oh! oui, il faudra rire un peu, je me charge de le taquiner passablement pour ma part.

— Et moi donc, crois-tu que je ne serai pas de la partie. Tu sais bien que j'en ai déjà fait couler (1) trois ou quatre depuis que je suis ici.

— Sais-tu s'il fera l'étude ce soir?

— On voit bien que tu es nouveau, mon cher, un pion ne travaille jamais le jour de son arrivée.

— Alors, demain, nous commencerons à lui monter une fameuse scie!

— Oui! Oui! Oui! répétèrent dix voix.

Pendant ce temps, Louis, sans se douter des conversations dont il était l'objet, continuait de se promener avec son camarade.

(1) Couler un maître, en style de collégien, veut dire le forcer à partir.

La cloche sonna bientôt, et tous les élèves se mirent sur deux rangs pour se rendre au réfectoire.

Monsieur Nicolas plaça Louis à la tête d'un de ces rangs, et l'on entra dans une grande salle basse, dans laquelle se trouvait deux longues tables recouvertes d'assiettes.

Les deux jeunes maîtres se placèrent chacun au bout d'une de ces tables.

Le repas commença, et d'abord le plus grand silence régna dans le réfectoire.

On mangeait ce soir-là, pour le commencement du repas, une soupe aux potirons.

Or, comme cette sorte de soupe adhère un peu aux assiettes, tous les élèves profitèrent de cette circonstance, pour faire avec leurs cuillers, le plus formidable cliquetis que les oreilles de Louis n'eussent jamais entendu. On eût cru assister à une charge de cavalerie.

M. Nicolas, qui, en ce moment, était en train de découper un énorme morceau de bœuf, redressa tout à coup sa longue échine et s'écria d'une voix formidable :

— Hé bien ? Messieurs, aurez-vous bientôt terminé votre vacarme ?

Le bruit devint un peu moins fort, mais le Directeur s'étant remis à son travail, les cuillers recommencèrent à exécuter dans les assiettes une danse des plus effrénées. M. Nicolas se redressa de nouveau, mais cette fois, il paraissait fort en colère.

— Messieurs, s'écria-t-il, si vous continuez ce tapage je donnerai cinquante lignes à chacun de vous.

Cette menace fut immédiatement suivie du silence le plus complet.

Cependant, la viande fut bientôt servie dans toutes les assiettes, et chacun se remit à manger.

— Dis donc, murmura à l'oreille de son camarade un garçon d'une douzaine d'années qui se trouvait placé près de Louis, comment trouves-tu ce bœuf-là ?

— Ma foi, mon cher, il me semble tellement dûr, que je crois qu'il sort de chez le tanneur d'en face.

— Tu te trompes, Anatole, si tu avais bien observé M. Nicolas, tu te serais aperçu qu'il fait partie de la société protectrice des animaux. Or, je crois qu'il protège en particulier les bœufs et les vaches, et qu'il ne voudrait pas se permettre de nous faire manger leur chair, aussi le morceau qu'il vient de nous servir n'a-t-il jamais appartenu à une bête à cornes.

— Qu'est-ce donc que ce bœuf-là ?

— Du cheval le plus pur, mon cher Anatole, et si tu as seulement une légère teinte de littérature, tu dois t'apercevoir que l'illustre coursier dont nous savourons la chair avait, sans aucun doute, beaucoup de rapports avec le célèbre Rossinante.

Le fils de Pierre ne put s'empêcher de sourire en entendant cette boutade, et il se dit en lui-même que ses nouveaux élèves paraissaient diablement dissipés. Il devait bientôt apprendre à les connaître.

XXI

Le premier jour de classe.

Le lendemain, Louis se rendit à l'école de Droit où M. Hilaire avait pris le soin de le faire inscrire.

Après le cours, il revint immédiatement à l'Institution de M. Nicolas et y commença sa première leçon.

Tout alla assez bien pendant une demi heure environ; mais peu à peu les élèves devinrent moins attentifs, et le jeune professeur fut obligé de réclamer du silence. Il était tout entier à ses explications, et ne s'occupait que du sujet de sa leçon, sans songer à faire ce que l'on appelle de la discipline. Il crut donc qu'il allait obtenir facilement le silence qu'il venait de demander, et continua son cours. Mais bientôt le trouble augmenta et il devint impossible à Louis de poursuivre sa leçon.

Alors il se leva, voulant du moins punir les plus coupables. Il aperçut un élève qui, couché sous la table, s'amusait à l'aide de son doigt tout couvert d'encre, à faire des dessins plus ou moins variés sur le pantalon de son camarade.

— Comment s'appelle celui qui est sous la table? demanda Louis.

Aussitôt vingt voix répondirent en criant le plus fort qu'elles purent.

— C'est Polyte, monsieur, c'est Polyte.

Avant que le silence ne se fut rétabli, Polyte eut le temps de regagner sa place et de s'asseoir.

— Que faisiez-vous sous la table ? lui demanda le jeune maître.

— Monsieur, je m'essuyais les mains à la culotte d'Anatole.

(Anatole se penche, et devient furieux en apercevant les taches d'encre qui maculent son pantalon).

— C'est très mal, ce que vous faisiez-là.

— Monsieur, c'est lui qui m'avait fourré les doigts dans l'encrier.

En entendant cette réponse Anatole est devenu tout à fait furieux.

— Menteur! s'écrie-t-il en jetant le contenu de son encrier à la figure de celui qui l'accusait.

Polyte en se sentant arroser de cette façon, se met en colère à son tour et envoie son dictionnaire à la tête d'Anatole

Une lutte s'engage, les coups de poing et coups de pied marchent bon train; puis, tout à coup, perdant l'équilibre, les deux combattants roulent sous la table, où, tout en voulant s'administrer mutuellement force horions, ils frappaient sur les jambes de leurs camarades. Une grêle de coups de pied se met à pleuvoir aussitôt sur leurs épaules.

Les deux larrons se trouvent subitement réconciliés sous le coup de cette riposte inattendue, et d'un commun accord, ils tirent les jambes qui se trouvent à leur portée, et bientôt, sept ou huit de leurs compagnons roulent avec eux au milieu de la salle.

Le tumulte devient indescriptible, tous les élèves se dérangent de leur place, sous prétexte d'aller porter secours à ceux de leurs camarades qui se roulent sous les tables, et se joignent aux tapageurs pour faire le plus de bruit possible.

Louis est devenu tout rouge de colère, il crie après l'un, court après l'autre et finalement, s'arrache les cheveux de rage.

Au bout d'un quart d'heure d'efforts, il parvient cependant à rétablir l'ordre et à recommencer sa leçon.

Les mutins, se contentant pour le moment du plaisir qu'ils viennent de prendre, écoutent leur jeune maître avec assez d'attention, et le cours se termine un peu mieux que Louis ne l'aurait espéré.

Après cette première classe, le fils de Pierre se sentit un peu désillusionné sur sa nouvelle carrière et se dit en lui-même que le métier d'éducateur était bien loin d'être une sinécure. Oh! jusqu'alors, l'enseignement lui avait apparu sous un jour bien plus favorable.

Il s'était figuré qu'un maître n'avait qu'à se poser sur son pupitre et à expliquer sa leçon le plus clairement possible pour que tout aille au mieux. Le pauvre jeune homme venait de s'apercevoir qu'il y avait autre chose à faire.

Il avait eu le tort de croire que tous les élèves viennent à la classe avec le désir de s'instruire, et certes, il pouvait bien avoir cette croyance lui qui s'était instruit presque seul, lui qui avait passé des nuits entières courbé sur ses livres, cherchant à comprendre les plus difficiles, et y arrivant à force de travail et d'énergie.

Mais les jeunes gens qui étaient assis sur les bancs de sa classe ne comprenaient pas comme lui les avantages de l'instruction.

Fils de riches bourgeois, ils n'avaient jamais connu la misère, et le pensionnat était pour eux une prison où ils essayaient de se divertir le plus possible. Ils n'étaient là que par force, ils n'avaient aucun but, leur seul désir était d'atteindre au plus vite à l'âge de seize ou dix-sept ans afin de retourner dans leurs familles.

Voilà quels étaient les élèves confiés aux soins de Louis, et certes ils devaient lui faire éprouver bien des déceptions avant qu'il ne connût tout à fait leur véritable caractère.

Que le pauvre jeune homme regrettait les bonnes leçons qu'il donnait à sa chère Marie, avant qu'elle ne lui eût avoué son amour! et qu'ils lui semblaient loin alors, les premiers pas qu'il avait faits dans la carrière de l'enseignement! Il se rappelait avec quelle ardeur et quelle joie, il préparait la veille les leçons qu'il devait donner le lendemain et puis, comme il était heureux en voyant les progrès que son élève faisait chaque jour!

Oh! qu'il se trouvait bien payé de sa peine quand il s'apercevait que ses explications avaient été comprises et qu'il aimait alors sa nouvelle profession. Hélas! quelle différence maintenant! Au lieu de voir près de lui, Marie attentive aux moindres développements du cours, il avait devant les yeux une trentaine de gamins, employant le peu d'intelligence dont ils étaient doués à inventer mille singeries, à trouver mille prétextes pour interrompre la leçon. En comparant ainsi ses débuts à sa position actuelle, Louis se sentait découragé :

Le soir, à l'étude, le jeune maître, voyant ses élèves assez tranquilles, se mit à travailler. Au bout de quelque temps, ayant relevé la tête, il lui sembla apercevoir un léger nuage de fumée flotter au-dessus des tables, mais, voyant que tout le monde était silencieux, il crut que cette fumée venait du poêle, et il se remit au travail.

Un quart d'heure se passa ; le nuage de fumée augmentait toujours et commençait à inquiéter Louis. Il se leva, regarda les tuyaux du poêle mais ne voyant aucun trou, il revint à sa place en se demandant en vain d'où pouvait venir cette fumée.

Bientôt, cependant, il ne fut plus possible de tenir dans la salle,

Louis ouvrit tous les vasistas, et peu à peu, la fumée devint moins épaisse.

Le jeune maître était de plus en plus perplexe, quand tout à coup il entendit un léger bruit dans le fond de la classe. Il tourna les yeux de ce côté, et aperçut un enfant qui ramassait une petite écuelle en fer; près de cet élève, Polyte et Anatole, les deux inséparables, semblaient occupés à une grave opération qui n'avait aucun rapport avec ce qu'ils avaient à étudier. Louis s'approcha doucement, mais au moment où il allait atteindre les deux larrons, il vit Polyte appliquer sur le nez de son camarade, un maître coup de poing. Anatole furieux riposta tout en pleurant et Louis, qui arrivait pour les séparer reçut sur son pantalon, le contenu d'un vase qui se trouvait placé sur le banc entre les deux champions.

— Qu'y avait-il dans ce vase? demanda-t-il.

— C'est mon chocolat, monsieur, répondit Anatole.

— Non, c'est le mien riposta Polyte.

— Pourquoi ce chocolat est-il liquide?

— Nous l'avons fait fondre, monsieur.

— Avec quoi?

— Avec du feu!

— Mais qui vous en a procuré? s'écria Louis en ouvrant un pupitre.

Il trouva dans ce pupitre une réponse à sa question: dans un coin en face du trou où l'on met l'encrier, s'élevait un petit chevalet en fer, sur lequel se trouvait un vase rempli de chocolat en fusion; entre les branches du chevalet, sur une petite plaque de fer posée sur le bois du pupitre brûlait un petit feu dont la chaleur faisait fondre le chocolat placé au-dessus. La fumée s'échappait par le trou de l'encrier.

Louis ouvrit successivement plusieurs pupitres et les trouva tous munis d'un petit fourneau; il comprit alors pourquoi, pendant un moment, la salle avait été envahie par la fumée, et il se mit à briser tous les ustensiles de cuisine qu'il put trouver.

Quand il eut achevé son œuvre de destruction, il dit aux élèves d'un ton courroucé.

— Demain, vous ne jouerez pas à la récréation de midi.

Un bourdonnement sourd accueillit ces paroles, et bientôt il ne fut plus possible à Louis de travailler, tant le bruit était fort.

— Si vous recommencez, messieurs, s'écria-t-il, je vous priverai également de la récréation du soir.

Cette menace parut faire un peu d'effet, car le bruit cessa subitement.

Pendant un instant, le jeune maître crut qu'il était enfin parvenu à

Histoire d'un Ouvrier

Liv 15. — Mais il s'y prit si mal que M. Nicolas perdit l'équilibre.

maîtriser les mutins, et il se remit à travailler.

Tout-à-coup, l'indomptable Polyte troubla le silence. Il se mit à tousser d'une façon désespérée, on eût dit qu'il allait s'étrangler.

Anatole suivit l'exemple de son compagnon, et ils commencèrent un duo des plus étourdissant; la salle était remplie de hum! hum! hum! qui sortaient à chaque instant de leurs poitrines.

Louis, impatienté, leur ordonna de se taire.

— Je suis enrhumé, monsieur, répondit Polyte, en recommençant à tousser plus fort que jamais.

La maladie dont il était attaqué était sans doute contagieuse, car bientôt tous les élèves se tordirent sous le coup d'une toux infernale qui semblait leur arracher la poitrine.

Jamais semblable cacophonie n'avait déchiré les oreilles de Louis. Plus il ordonnait à ses élèves de se taire, plus les hum, hum, hum, redoublaient.

Le pauvre garçon était arrivé au comble de la fureur, il se préparait à tomber à bras raccourcis sur le dos des mutins, quand tout à coup M. Nicolas fit son entrée dans la salle.

— Quel tapage! s'écria-t-il, messieurs, je vous ordonne de terminer votre concert au plus vite.

En quelques minutes, le silence se fut complètement rétabli: M. Nicolas se promenait à grands pas dans la salle d'étude et semblait profondément irrité.

Pas un élève ne souffiait mot.

Quand il eut jugé que l'effet produit par son arrivée était suffisant, le directeur se dressa sur ses longues jambes, balança gravement son torse démesuré et dit d'une voix lente.

— Messieurs votre conduite est très mauvaise, je suis mécontent et je vous donne à chacun cinquante vers à copier.

Puis, se tournant vers Louis, il lui dit à voix basse.

— Soyez sévère, jeune homme, car si vous ne vous faites pas craindre vous n'arriverez à rien.

Après cette recommandation, M. Nicolas sortit en prenant la pose la plus majestueuse de son répertoire.

— Jeune homme, veuillez me suivre jusqu'à mon bureau.

Louis s'inclina, et quelques instants après, il était assis en face de son directeur, qui d'une voix animée par la colère, lui faisait le sermon suivant.

— Vous me faites l'effet d'un fou, mon cher ami. Comment, vous frappez un élève! Vous ignorez donc, malheureux à quelle peine vous vous exposez; les parents de cet enfant peuvent vous traduire devant les tribunaux et vous faire condamner. Et moi, par votre faute, je vais perdre un pensionnaire; l'on dira que dans mon établissement les élèves sont menés à coups de poing, et peut-être plusieurs personnes m'enlèveront-elles leurs enfants à quoi donc pensiez-vous, en agissant ainsi? Il me semble que vous n'aviez pas toute votre raison, ainsi, quand j'ai voulu vous demander des explications, vous ne m'avez pas écouté, vous avez fui, et dans votre précipitation à sortir, vous m'avez renversé au risque de me briser un membre, Monsieur, cette conduite est sans excuse, elle est abominable.

— Pardonnez-moi, Monsieur, si je vous ai renversé sans le vouloir, mais pourquoi aussi, vous entêtiez-vous à me barrer le passage?

— Je vous l'ai déjà dit, j'avais hâte de connaître la vérité.

— Et moi, Monsieur, je ne pouvais rester un instant de plus dans le dortoir, j'avais aussi des raisons qui me forçaient de me hâter, et quand vous les connaîtrez j'espère que vous me jugerez un peu moins sévèrement.

— Hâtez-vous alors de me donner des explications.

— Ce matin, en m'éveillant, je me sentis légèrement indisposé, et soudain j'éprouvai le besoin de sortir; je revenais quelques instants après, quand, en arrivant à la porte du dortoir, j'entendis du bruit, je m'agenouillai pour écouter, et alors, j'entendis Polyte raconter à ses camarades que, pendant mon sommeil, il m'avait versé dans la bouche de l'aloès en poudre. Je compris alors quelle était la cause de mon indisposition, et, furieux, je courus vers Polyte et je le corrigeai d'importance.

— En effet, il y a de quoi se mettre en colère, mais vous n'auriez pas dû frapper, vous avez agi là en homme irréfléchi, vous deviez punir, c'était votre seul droit.

— Mais, Monsieur, concevez donc! je me vois insulter par un gamin qui se rit à mon nez du mauvais tour qu'il m'a joué, et je dois rester impassible, je n'ai pas le droit de me mettre en colère; je suis donc une marionnette que l'on place là pour servir d'amusement aux élèves, je dois donc être leur souffre-douleurs. Non, cela est impossible, je me suis vu insulté, bafoué par un espiègle, je l'ai corrigé, et il me semble que je ne mérite pas de reproches élèves. Il travaillait le soir au dortoir, pendant de longues heures, et il ne quittait ses livres que quand ses yeux fatigués se fermaient malgré lui Alors il s'endormait d'un sommeil de plomb jusqu'au lendemain matin.

Un soir, le fameux Polyte, dont le lit se trouvait placé près de celui de Louis, se réveilla. Il s'aperçut alors que son maître dormait la bouche entr'ouverte.

Cette petite découverte le fit rêver, et le lendemain, il en parla à son camarade Anatole.

Les deux espiègles s'entretinrent pendant un instant, puis, se séparèrent d'un air mystérieux.

Le soir quand Louis fut endormi, Polyte se leva furtivement, prit un petit cornet dans le tiroir de sa table de nuit, et s'approcha de son professeur endormi. Il lui versa alors dans la bouche le contenu de son cornet, et regagna son lit en souriant.

Le lendemain matin en se réveillant, Louis s'aperçut qu'il avait la bouche toute pâteuse. il toussa, cracha plusieurs fois, et se dit que sans doute il avait un peu de fièvre.

Déjà il ne pensait plus à ce petit incident lorsque soudain, il fut pris d'une certaine douleur d'entrailles, qui le força de quitter précipitamment le dortoir.

Les élèves paraissaient surpris de sa sortie subite, quand Polyte s'écria d'un air mystérieux.

— Je sais quelle maladie il a, moi, le pion.

— Est-il malade ? demandèrent vingt voix.

— Oh ! oui, et vous allez le voir sortir plusieurs fois pendant l'étude.

— Que peut-il bien avoir ?

— Ah ! cela, je le sais.

— Mais dis-le nous donc.

— Pour que vous me fassiez pincer, pas si bête !

— Parle, nous ne sommes pas des traîtres.

— Eh bien, voilà : l'autre jour, je me suis aperçu que le pion dormait la bouche ouverte. Ça m'a fait réfléchir, j'en ai parlé à Anatole, et nous avons fait acheter pour quatre sous d'aloès en poudre. Cette nuit, je me suis réveillé au moment où M. Louis dormait, et je lui ai versé tout mon aloès dans la bouche. Comprenez-vous maintenant pourquoi le. . . . . .

Il n'eut pas le temps d'achever, la porte s'ouvrit avec fracas, et Louis, qui avait tout entendu, rentra dans le dortoir, courut vers Polyte, et lui administra une maîtresse paire de gifles. L'espiègle, qui n'était sans doute pas accoutumé à ce genre de correction, se mit à crier de toutes ses forces et à injurier son professeur.

— Vous êtes une brute, hurlait-il, vous m'avez frappé, vous n'en avez pas le droit, je vais me plaindre au directeur.

Louis, au comble de la fureur, attrapa le mutin par les oreilles et les lui frotta d'importance.

Les cris de Polyte redoublèrent, et la chose aurait maltourné sans doute, si tout à coup, M. Nicolas n'était arrivé comme une bombe dans le dortoir.

Le digne chef d'institution avait à peine eu le temps d'endosser sa robe de chambre; croyant sans doute que la révolution était dans un établissement, il s'était vêtu au plus vite et d'une façon des plus grotesques.

—Que faites-vous là! sécria-t-il en s'adressant à Louis, vous frappez mes élèves.

— Ah! mon bon monsieur Nicolas, il m'a assommé, hurla Polyte heureux d'être enfin délivré des mains de son professeur.

— Mais, monsieur, continua le Directeur, êtes vous fou! frapper ainsi un enfant qui, par ses cris, va mettre en émoi tout le quartier.

Le fils de Pierre ne répondit pas, mais il était tout pâle, et se tenait l'abdomen à deux mains,

— Je vous somme de répondre, cria M. Nicolas.

— Monsieur...... pardonnez-moi j'ai besoin de sortir! Et en disant ces mots, Louis courut vers la porte,

— Vous ne passerez pas avant de m'avoir expliqué les motifs qui vous ont forcé à frapper un élève. C'est grave, cela Monsieur, c'est très grave.

— Je le sais...... Monsieur...... mais..... je vous en prie..... j'ai besoin de sortir!

— Vous ne sortirez pas, je veux connaître immédiatement les causes de votre brutalité.

— Oh!...... Monsieur...... pardon, laissez moi passer! Et Louis, sans plus de préambules, voyant que son maître ne voulait pas se déranger, lui passa entre les jambes pour gagner la porte; mais il s'y prit si mal que M. Nicolas perdit l'équilibre et s'étendit tout de son long sur le parquet du dortoir, au milieu des bruyants éclats de rire de ses élèves.

Louis ne s'était pas aperçu de la chûte de son directeur, et avait continué sa course jusqu'à ce qu'enfin il eût pu se trouver seul, car le purgatif que lui avait administré Polyte lui faisait dans le corps un terrible ravage.

Quand le pauvre professeur revint dans le dortoir, M. Nicolas qui avait eu le temps de se relever, lui jeta un regard furieux et lui dit :

XXII

Nouveaux ennuis

Quinze jours s'écoulèrent, Louis avait suivi la recommandation de son Directeur, ses élèves commençaient à le craindre, tout allait pour le mieux.

Un matin, M. Nicolas le fit venir à son bureau et lui dit :

— Jeune homme, vos élèves ne vous font plus de tapage, il faudra devenir un peu plus concilant, car votre sévérité pourrait me nuire.

— Monsieur, j'essayerai de suivre votre conseil, mais je crains qu'un relâchement de discipline ne me fasse perdre toute autorité.

— Il vaut mieux laisser faire un peu de bruit que de punir trop fortement les enfants, car vous comprenez que les parents pourraient se plaindre, et même m'enlever leur fils.

— Mais cependant, quand un élève commet une faute, il faut le punir.

— Faites des observations, moralisez, mais soyez moins sévère, je ne tiens pas du tout à perdre des pensionnaires.

— Je ne voudrais pas, monsieur, vous causer le moindre dommage aussi, suivrai-je le mieux possible les recommandations que vous venez de me faire. En disant ces mots, Louis salua son directeur et sortit.

Tout en traversant la cour, le jeune maître se disait en lui-même : « Il est bien drôle, M. Nicolas, il y a quinze jours à peine, il me recommandait la sévérité et maintenant, il prêche la tolérance, il a donc bien peur de déplaire aux parents de ses élèves. »

Louis devint donc plus doux, mais les enfants s'aperçurent bientôt de de son changement subit, et redevinrent peu à peu tapageurs.

Les scènes de tumulte se renouvelèrent, et le jeune professeur, craignant de déplaire à son maître, n'osait punir; mais il souffrait intérieurement en voyant des jeunes gens confiés à ses soins, perdre leur temps à ne rien faire, sans qu'il pût les forcer à se mettre au travail. Il est vrai que ses propres études le consolaient du peu de progrès que faisaient ses

— Je sais que si j'eusse été à votre place, j'aurais agi comme vous mais comme vous j'aurais été coupable car les châtiments corporels sont bannis de la classe, et tout maître qui frappe un enfant est impitoyablement condamné.

— Eh bien, monsieur, que l'on me condamne donc, si l'on me croit coupable, mais l'on ne m'empêchera pas de dire ma façon de penser. L'on a tort d'être plus sévère pour les maîtres que pour les élèves, car avec ce système l'on arrive infailliblement à décourager des jeunes gens remplis de zèle et de dévouement. Eh quoi! un enfant a le droit d'insulter son professeur, de lui rire au nez parce qu'il sait que sa peine ne sera pas en rapport avec la faute qu'il aura commise, et que le pauvre maître est obligé de tout écouter, paisiblement, sans colère, il n'a pas même le droit de tirer les oreilles de l'insolent; mais monsieur, cela est absurde, à force de vouloir protéger les enfants, on laisse progresser leurs mauvais instincts, on fait de l'instituteur un automate, et quelquefois même un martyr.

— Vous vous emportez un peu trop, mon ami, je sais que la tâche de l'instituteur est lourde, mais on a eu raison de bannir de l'école les châtiments corporels.

— Je sais, monsieur, que frapper est le fait de la brute, et je suis loin d'admettre ce système, mais je dis que le professeur ou le maître d'étude qui, au milieu d'une classe, se voit insulter par un jeune vaurien, a toutes les peines du monde à se contenir; il souffre intérieurement des injures qu'on lui jette à la face, et parfois la patience peut lui échapper. Croyez-vous que cet homme mérite pour cela une punition ou même une réprimande? Non, n'est-ce pas? car il n'agit que sous le coup d'un emportement légitime, et tout autre à sa place eut agi de même.

— Il doit avoir assez de présence d'esprit pour pouvoir résister à la colère.

C'est-à-dire, monsieur, que selon vous, il doit savoir souffrir sans se plaindre, il doit être le jouet d'un tas d'espiègles; c'est cela que l'on décore du beau nom de patience. Oh! monsieur, l'on se trompe profondément en forçant le maître à se soumettre ainsi aux volontés de ses élèves, et les résultats le prouvent.

Voyez dans un lycée quelconque, un maître d'étude ne peut rester plus de quatre ou cinq mois dans la même classe, car s'il ne fait pas à l'idée des jeunes gens confiés à ses soins, on lui fait tant de bruit qu'il est forcé de partir. Autre part, tous les élèves d'une institution se révoltent en imposant leurs conditions. Voyez-vous, si l'on veut arriver à quelque chose par la voie de l'enseignement, il faut établir une discipline sévère il faut soutenir les maîtres et non les décourager.

— Et que diront les parents?

— En plaçant son fils dans un établissement, un père doit abandonner momentanément tous ses droits. Puisqu'il a la liberté de choisir pour son enfant tel ou tel instituteur, il doit considérer ce maître comme son remplaçant et lui abandonner toute son autorité. Alors, si l'enfant est paresseux, il travaillera malgré lui, s'il est vicieux, il sera corrigé, le chef d'institution remplira consciencieusement son devoir, car il ne craindra pas des reproches injustes de la part des parents.

C'est en s'y prenant de cette façon seulement qu'on arrivera à faire de bons élèves et à préparer à la France une génération de travailleurs intelligents et honnêtes.

— Votre système aurait du bon, mon ami, mais en attendant que les parents comprennent bien leur devoir, je dois leur obéir si je ne veux pas voir tomber mon institution, aussi je crois que dorénavant vous vous emporterez le moins possible.

Louis s'inclina et retourna à son travail.

Pendant plusieurs années, le fils de Pierre resta dans l'institution de M. Nicolas, tout en suivant les cours de l'Ecole de Droit. Chaque année, pendant les vacances, il se rendait à Louviers, près de ses vieux parents. Louise était très heureuse quand elle revoyait son fils, et c'était une grande douleur pour elle quand arrivait le moment de la séparation.

Cependant Louis n'oubliait pas sa chère Marie, il allait la voir trois ou quatre fois par an, et à chaque entrevue les deux jeunes gens renouvelaient leurs serments d'amour, en comptant les jours qui les séparaient encore l'un de l'autre.

XXIII.

Conclusion.

Par une belle matinée du mois de juin 1882, le facteur apporta à Madame Berthelot la lettre suivante.

Histoire d'un Ouvrier

Livr. 16. — Oh! mère, je l'aime tant!

Madame,

Je viens d'être reçu avocat, et comme je vous dois la vie, j'ai voulu que, la première, vous connussiez mon succès.

Je vous remercie, Madame, de tout ce que vous avez bien voulu faire pour moi, et je vous prie de croire à la sincère affection, de votre tout dévoué,

Louis,

P. S. Je vous prie de présenter mes respects à Mademoiselle Marie.

La bonne dame fût très heureuse en apprenant le succès de son protégé, et elle appela sa fille afin de lui apprendre la bonne nouvelle.

— Que me voulez-vous, ma mère, dit Marie en accourant.

— Je viens de recevoir une lettre qui m'a fait bien plaisir, devine qui l'a écrite.

— Je l'ignore, ma mère.

— C'est ton ancien professeur.

— Louis ?

— Lui-même, il vint d'être reçu avocat.

— Ah ! quel bonheur ! s'écria la jeune fille en se jetant au cou de sa mère.

— Tu es bien heureuse aussi d'apprendre la réussite de ce pauvre garçon, n'est-ce pas, ma chérie ?

— Oh ! oui.

— C'est un jeune homme qui a beaucoup travaillé, il a fait son chemin presque seul, et certes il a bien du mérite.

— Oui, il a bien mérité d'être heureux, il y a assez longtemps qu'il souffre. Pauvre Louis, qu'il doit être content !

— Tu as l'air d'être beaucoup satisfaite de sa réussite ?

— Oh ! mère, je l'aime tant !

— Tu veux dire que tu l'estimes.

— Non, ma mère, je l'aime et il m'aime aussi.

— Que me dis-tu là ?

— La vérité. Nous attendions ce moment pour vous faire connaître notre amour.

— Ainsi, il y a bien longtemps que tu aimes Louis?

— Depuis la première fois que je l'ai vu.

— C'est donc à cause de lui que tu as refusé d'épouser Edmond ?

— Oui, ma mère.

— Mais, quel est ton espoir, ma pauvre enfant ?

— J'espère devenir dans peu de temps la compagne de mon cher Louis.

— A quoi songes-tu, c'est le fils d'un ouvrier.

— Oui, je le sais il est né dans la misère, mais depuis quand, ma chère mère, la pauvreté est-elle un déshonneur ?

— La pauvreté ne deshonore pas, il est vrai, mais aux yeux du du monde, tu t'abaisseras, tu dérogeras en épousant Louis.

— Comment, chère mère, peux-tu me tenir un tel langage, toi qui es si bonne, si charitable ? Que peut te faire le bavardage des jaloux, si ta fille se trouve heureuse ? Oui, si tu veux me voir reprendre ma gaîté d'autrefois, unis-moi à celui que j'aime depuis plus de quatre ans, et alors tu retrouveras en moi cette humeur joyeuse qui te plaisait tant, je ne passerai plus des heures entières à songer tristement, je serai heureuse, car j'aurai à mes côtés, celui qui seul peut faire mon bonheur.

— Mais, ma pauvre enfant, réfléchis bien, ce jeune homme n'a pas de fortune, tandis que toi, tu es riche, tu ne sais pas encore ce que c'est que la vie, et tu regretteras peut-être un jour ce que tu veux faire aujourd'hui.

— Ma chère mère, je n'agis pas sous le coup des premiers effets d'une passion naissante, il y a longtemps que j'aime Louis, lui-même a voulu me forcer à l'oublier en me démontrant que toute union était impossible entre nous, il m'a dit, comme toi, qu'il était pauvre; eh bien, malgré tout cela, mon cœur n'a pas changé, et il ne changera jamais, je deviendrai son épouse, dussé-je pour cela abandonner cette fortune que tu me représentes comme un obstacle. Que m'importent tous les biens du monde, si je n'ai pas un être bien-aimé pour les partager avec moi ? Tu voudrais me forcer à en épouser un autre que Louis, mais, ma chère mère, si je t'écoutais, ce ne seraient pas deux cœurs que tu unirais, ce seraient deux fortunes, et l'or pourrait remplir notre demeure, mais le bonheur n'y entrerait jamais.

— Oh! Marie, avant de prendre une décision définitve, réfléchis encore ! Demande-toi bien si la fille du capitaine Berthelot peut épouser le fils d'un ouvrier.

— Ma mère, je ne dérogerai pas en épousant Louis, car si mon père a lutté sur les champs de bataille, le sien a lutté dans l'atelier; pendant toute sa vie il a combattu face à face avec la misère. Crois-tu qu'il ne lui a pas fallu de courage pour résister à tous les malheurs qui sont venus l'accabler tour à tour; il a été aussi héroïque que mon père, car il faut plus d'énergie pour lutter pendant quarante ans contre l'adversité, que pour marcher au-devant des balles ennemies, et j'ai autant d'estime pour le modeste ouvrier qui meurt après une longue vie de labeur, que pour le soldat qui expire sur un champ de bataille.

— Tu as raison, ma fille, mais tu ignores qu'il existe dans la société différentes castes qui ne peuvent s'unir entre elles.

— Eh quoi, chère mère, tu es encore imbue de ces préjugés vulgaires et injustes, te figures-tu que l'honneur et la loyauté n'existent que chez les gens fortunés ? Crois-tu que le pauvre soit inférieur au riche ? Car, qui fait la différence des castes ? C'est le plus ou le moins de biens ! Est-ce que tous les hommes, à n'importe quelle classe ils appartiennent, ne sont pas frères, et ne jouissent pas des mêmes droits ? Non ! ce ne sont pas les richesses qui forment les hommes, c'est la nature ; et un ouvrier honnête est aussi estimable qu'un millionnaire. Beaucoup d'individus qui sont fiers des positions qu'ils occupent, ne doivent qu'à leur naissance, le rang où ils se trouvent placés, ils n'ont presque rien fait pour mériter les honneurs, ils ont trouvé le chemin tout frayé et ils n'ont eu qu'à le suivre paisiblement. Pourquoi donc ces hauts dignitaires seraient-ils considérés comme étant d'une nature supérieure à celle du reste de la société ? Pourquoi dédaigneraient-ils de fraterniser avec de simples ouvriers qui, eux, n'ont rien trouvé à leur arrivée sur la terre, et qui, dès leur plus tendre jeunesse, ont été forcés de lutter avec la nécessité ? Vois-tu, chère mère, Louis me paraît beaucoup plus grand, beaucoup plus noble que tous ces hommes, car il est né au sein de la misère, à force de courage, d'énergie, de privations, il est parvenu à s'instruire, à conquérir une place dans la société ; cette place, il la mérite, parcequ'elle est la récompense de son labeur. Et tu voudrais que j'hésitasse à lui donner ma main, que je rougisse de m'unir à lui ! Oh ! ma mère, tu ne me connais pas, je suis au-dessus des préjugés vulgaires, et à ceux qui sembleront me railler, je répondrai fièrement : « Mon mari a fait sa position tout seul, c'est à force de travail qu'il est sorti de la misère, qui de vous en eût fait autant ?

— Je sais en effet que Louis est un jeune homme intelligent et énergique, il a beaucoup de mérite. Puisque tu l'aimes, qu'il devienne donc ton mari ; je désire de tout mon cœur qu'il te rende heureuse.

— Oh ! ma mère que tu es bonne ! je savais bien que tu céderais enfin à ma prière. Va, tu seras heureuse avec nous, car si Louis n'a pas de fortune, il nous apportera le bonheur en échange.

Deux mois après la conversation que nous venons de raconter, Louis et Marie étaient unis.

Madame Berthelot a quitté Saint-Cyr-du-Vaudreuil, pour suivre ses chers enfants ; elle est au comble du bonheur, car sa chère Marie est heureuse.

Pierre et sa femme ont oublié leurs malheurs de naguère, Monsieur Hilaire habite avec eux une des plus belles maisons de Louviers, car le vieux professeur fait maintenant partie de la famille.

Bien souvent, le fondeur va revoir ses anciens camarades d'atelier, il les encourage et les aide de sa bourse quand ils sont dans le besoin, car il se souvient qu'il a souffert, il sait ce que c'est que la faim, et la fortune ne l'a pas rendu égoïste.

A ceux qui perdent espoir, il dit : « Moi aussi, j'ai été bien malheureux, j'ai bien souffert, j'ai même pendant un moment songé au suicide ; mais j'ai repris courage et peu à peu l'aisance est revenue au foyer. J'avais près de moi, mon fils qui me parlait d'avenir, il étudiait jour et nuit, et à force de travail, il est arrivé à la fortune. Aujourd'hui, c'est lui qui nourrit son vieux père ! . . , Oh ! je vous en prie, ne vous découragez jamais, et si vous avez des enfants, envoyez-les à l'école, car l'instruction est la fortune du pauvre. »

FIN.

J. Breton et C. Henry.

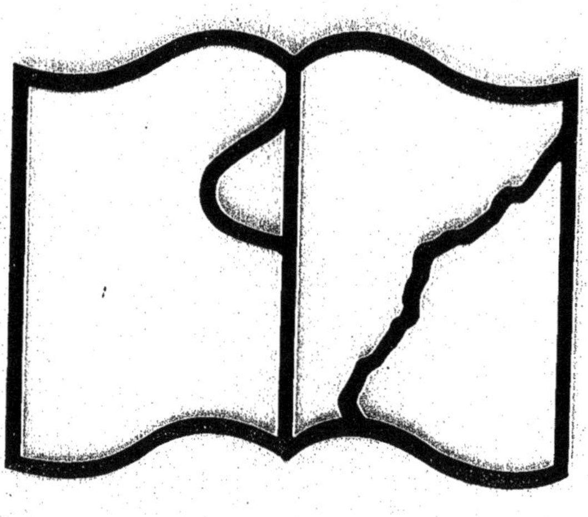

Texte détérioré — reliure défectueuse

NF Z 43-120-11

www.ingramcontent.com/pod-product-compliance
Ingram Content Group UK Ltd.
Pitfield, Milton Keynes, MK11 3LW, UK
UKHW012234240726
13966UKWH00003B/1088

9 782013 564496